LE MENEUR DE LUNE

« Espaces libres »

JOË BOUSQUET

LE MENEUR DE LUNE

ROMAN

Albin Michel

Albin Michel
▪ *Spiritualités* ▪

Collection « Espaces libres »
dirigée par Jean Mouttapa et Marc de Smedt

Première édition :
chez J. B. Janin, 1946

À Kriya

Le livre des souvenirs
qu'elle a réunis à ma vie

J. B.

PREMIÈRE PARTIE

Auprès de mon ombre

I

A vingt ans, j'ai été gravement atteint par un coup de feu. Mon corps était retranché de la vie ; par amour pour elle, je rêvai d'abord de le détruire. Cependant, les années, qui me rendaient mon infirmité plus présente, enterraient mon intention de me supprimer. Blessé, je devenais déjà ma blessure. J'ai survécu dans une chair qui était la honte de mes désirs.

Dans mon être diminué par une mutilation, la résolution de me tuer survivait, comme un souvenir. On ne souffre pas beaucoup des malheurs qu'on n'aurait pas eu la force de concevoir. Je suis entré dans ma vie étroite avec une âme de voluptueux ; et bien que devenu plus insensible, j'ai senti au lieu de penser. Ce qui aurait ruiné ma vie d'homme a peut-être sauvé l'infirme que j'étais devenu. J'ai vécu comme une femme, souhaitant d'enfanter des esprits, de les nourrir de mes sensations.

Il m'a fallu des années pour rendre tous ses reliefs à l'accident qui m'avait brisé. On dirait que l'instant est pris entre deux portes, ce qui fit ma stupeur de ne pouvoir assez souffrir à l'heure même où tout me quittait. La ruine d'un homme se mesure à ce qu'il est, non à ce qu'il perd ; ce n'est qu'au fond de ma ruine morale que j'aurais égalé ma conscience à la grandeur de mon infortune.

Au péril de leur vie des hommes m'arrachaient au champ de bataille. Tenant chacun un coin de la toile de tente où j'étais étendu, ils utilisaient avec présence d'esprit les accidents de terrain, s'entendaient d'un regard pour se glisser avec leur fardeau sous les abris de feuillage et n'en mettaient pas moins tous leurs soins à m'éviter les chocs d'un transport sous le feu. Je regardais mes bottes sans y reconnaître la vie. Mon corps était avec moi, comme un chien mort. Un souvenir, une sensation ne suffisaient plus à y véhiculer la vie, la voix d'un camarade n'y était plus qu'une voix ; un pas n'y était qu'un bruit de pas, dans une autre nuit où la nuit me donnait accès s'était formé un silence pour accueillir le mien et se confondre avec lui.

Le temps avait passé. La peur de voir le jour hâtait les battements de mon cœur à l'heure détestée du sommeil. À quatre heures du matin, je serrais les paupières, je me fermais sur la nuit quand l'aube allait paraître et dissiper son apparence. En rêve je voyais un faisan aux plumes lumineuses, c'était le matin.

Je ne crois pas assez aux événements pour écrire des récits.

Il n'était plus besoin de me couvrir les épaules pour travailler. On apportait dans ma chambre les œillets roses et les camélias que je préférais alors à toutes les fleurs.

Mon mal s'est manifesté d'abord par un bien-être intérieur dont je n'apercevais pas la cause, et qu'une peine suivait, comme une ombre de crainte associée à mon absurde joie par le sentiment de mon indignité.

Je parlais à mi-voix comme si j'avais redouté de rompre un enchantement.

Avec une vie si profondément entamée, j'ai voulu refaire de la liberté. Acceptant que de mon être mon infirmité fasse sa proie, je disposais du temps qui m'était rendu.

J'ai voulu changer ma nature et mutiler mon tempérament. J'échappais aux conséquences mortelles d'un choc afin de rendre douteuses les dispositions que ma naissance m'avait données.

Par un travail inlassable, je me substituais un être de culture.

Ma faute m'est apparue, mais je l'ai sentie en aveugle. À mesure que mon expérience alourdissait le sentiment de ma culpabilité, je la poursuivais avec plus d'entêtement. Le remords qu'elle m'inspirait fit que je me passionnai pour elle.

Je poursuivais mon effort pour échapper à la

mauvaise conscience qui le suivait comme une ombre.

Un jour, j'ai eu honte de moi, je ne me reconnaissais pas dans les yeux de mes amis. J'éprouvais la rage d'un homme abandonné à qui ne fait défaut que l'action efficace d'un secours, mais j'étais aussi cet individu incapable de venir en aide à une conscience en péril. Très malheureux, empêché d'approfondir toute expérience par la tournure que je lui donnais, je me disais : j'ai renoncé à tout sans trouver le renoncement. Je suis désespéré par la sensation que je suis libre, comme si l'indifférence de mon esprit devant les alternatives à franchir me condamnait gravement.

Comment l'homme n'est-il pas le prix de ce qu'il choisit ? Il me déplaît de me sentir plus réel que la pensée à quoi je brûle de me soumettre, et je me demande quel contenu il faut donner à cette pensée pour qu'elle triomphe de son incertitude... Quel est ce monde où je ne peux pas me libérer sans avoir envie de pleurer sur moi ?

L'individu veut se connaître. Cela signifie-t-il qu'il entend renouveler la connaissance ou l'étendre jusqu'à lui ?

Il croit que l'existence est en lui un champ d'expérience privilégié, alors qu'elle fait tout simplement échec à sa faculté de connaître. On ne lui demande pas d'ajouter la connaissance à l'existence, mais de rendre à la connaissance ce que lui avait enlevé celle-ci.

On dirait vraiment que l'exister est le point final du connaître.

Quand on te demande de te connaître, il te semble qu'il s'agit pour toi de creuser la nuit qui s'est faite sur ta personne ; et, comme tu ne peux pas savoir comment tu es fait, d'aller au fond de ton ignorance.

Chacun de nous est caché dans son personnage. À son idée de la vie il ne manque que la vision exacte de ce qu'il est lui-même. Et il ne s'ajoutera au courant de l'existence que par un effort extrêmement aléatoire de l'imagination. Son moi n'est plus le produit de son être. Et dans son idée de ce moi sa pensée est la rivale de son être.

Son être de chair est la déroute de sa conscience. Au milieu des passants, des arbres, de tous les objets qui enferment dans leur structure une épreuve de ce moi indivisible qu'il est lui-même, il traîne le frisson d'un moi espéré, un rêve perpétuel dont la figure précise est toujours devant ou derrière lui.

Parlons de lui comme s'il était condamné. Otons-lui la parole, parfois. On se trompe sur un homme tant qu'on ne retranche pas de sa personne ce qui fut son espoir.

II

DEVENIR l'ombre de ce que j'aurai accompli de meilleur. Ne différer en rien de celui que l'on imaginera en méditant mes infortunes. Entrer tout entier dans ce que la déchéance physique ne peut pas arracher à un homme.

Que sur les êtres, les choses et les faits mon regard, à jamais, soit seul avec mon cœur.

Chaque matin, éveillé dans l'angoisse, je ressens l'horreur d'un naufragé, chaque jour l'épreuve ressuscite le jour trouble de ma naissance. Une infirmière s'efforçait de me ranimer. En s'éveillant, ma mère entendit mon père s'écrier : « Quel dommage : *c'était un garçon.* »

Un an après, une femme de chambre me trouva pris au piège, jouant cependant, entre les bras de ma nourrice qui venait de mourir subitement. Tout ce que j'avais vécu donne une idée horrible de l'existence. Cependant à mes propres yeux ma vie n'aura été que la douceur de vivre. Je n'habitais pas ce monde mais le regard des yeux les plus purs. Mon moi n'était pas en moi.

Il traversa tout pour venir me chercher dans les ruines de mon corps. Les hommes m'ont cru malheureux : ils voyaient mes plaies avec leurs regards dont ils étaient l'horizon. Mon être est sauf de tout ce que je suis ; je travaille pour empêcher mes jours de le recouvrir. J'affranchirai ma vie de son apparence quotidienne.

À lui pardonner le ton avunculaire de ses propos singuliers et faciles. Il ne raconte que ce dont il est plein. Il faut que sa parole retrouve en le servant son souffle, sa liberté.

On dirait qu'il utilise pour ses plus bizarres confidences la plume d'oie de ceux qui avaient du bien et des héritiers. Elles sont les lieux communs d'un monde où il est seul encore, si l'on peut être seul.

En tout, la proie de ce qu'il est, mais écrivain comme par oubli, et ne consignant rien qui n'engage l'occasion de montrer que le langage est la beauté même.

Un regrettable accident l'a jeté à bas de sa fenêtre sur un trottoir dont on a ramassé un grand morceau avec lui. Une ligne de croix traduirait avantageusement la faible agitation de cette vie sans contenu.

Depuis si longtemps qu'il neige sur l'asphalte il a poussé des milliers de pattes aux graines minuscules où germent les rosiers. Le printemps, l'été développent puis fleurissent les plantes et cachent avec elles ce qui jamais ne se relèvera. Ceux qui oseront séparer les branches pour secourir le mourant ne le trouveront plus, mais la difficulté de leur tâche leur fera oublier ce qu'ils cherchaient. L'absence du blessé est le règne du disparu.

On le croyait désespéré, il n'était qu'espoir, on le dit fort, il n'est que faiblesse, on le suppose sauvé et, si le salut existe, il est perdition...

Le mal n'est pas haïssable en lui-même. C'est parce qu'il nous est naturel que nous devons le combattre. Confiné dans son être sensible l'homme doit appeler à lui tout ce qui l'aidera à le surmonter.

Il ressemble à un prisonnier aspirant à revoir du haut de la montagne le bâtiment où il est enfermé. Que son corps fasse une si grande ombre sur lui ne l'empêchera pas de se transporter au large de ce corps, et de le regarder avec les yeux de jour. Il se reconnaîtra dans un éclat de rire.

On ne peut poser que l'on est sans penser aussitôt : que ne suis-je ? Je suis la damnation d'une existence au comble de son être ; l'endroit de sa défaillance où la vie tourne à l'espoir parce qu'une ombre mortelle lui a enfin laissé un peu d'elle-même à imaginer. Je suis la plaie d'un être immense qui grandit en moi ; la conscience d'un homme un peu plus grand dont je n'incarnerais que la déchéance. Et peut-être ces sentiments ne sont-ils que les signes de ma déchéance.

Le moi est une vision de la conscience morale, le signe au moyen duquel elle saisit dans son unité ce qu'elle ne peut connaître dans sa profondeur : ni le bien ni le mal ne sont le produit de la conscience ; celle-ci est le produit de leur antagonisme.

L'homme répond de tout ce qu'il n'est pas avant d'être le peu qu'il est. C'est sa grandeur et son désespoir de se savoir au-delà de toute notion responsable de son propre souffle.

La douleur est une forme du mal, mais la preuve que notre responsabilité va plus loin que notre être. Celui qui souffre est méchant ; mais sa douleur est une grâce qui lui est faite : elle extériorise sa malice et lui permet d'en triompher. Être éprouvé dans sa chair, ce n'est pas acquérir des mérites, c'est avoir son démérite à merci.

Il y a dans mon caractère quelque chose d'aussi implacable que le mal au sein duquel j'ai survécu.

III

JE revoyais un immense portail, dans le vent d'un village en ruine. Comment devenir le salut d'une vie qui, de sa seule image, me faisait oublier que j'étais vivant. Je voyais les hauteurs bleues où s'élèvent les grands vols d'été. J'étais un paysage d'hiver sous le froid où le courant d'une rivière menait des oiseaux morts. Je n'étais que prison, que solitude, mais cependant, espoir parce que j'étais douleur.

« Que la chose que je saisis, me disais-je, soit la mer intérieure de ce que je suis ! » Je ne cherchais pas ma vie dans les jours. La vie est avant les jours, et s'y révèle par une certaine façon d'associer les faits, de les soumettre les uns aux autres. *J'ai voulu dépendre d'une vie fermée sur moi et non ouverte sur le rêve de ma personne.*

Dans une ambulance de toile où l'on m'avait transporté, un major se détournait pour échanger avec un infirmier quelques mots à voix basse. Il ne devait hausser le ton que pour m'interdire de boire ou de manger. Dans les ténèbres, soudain, je revins à moi, aveuglé par la lumière d'une lampe portative. Un doigt sur les lèvres, une jolie fille s'approchait, cachant dans son ombre un major aussi jeune que moi, et lui prit, en se retournant, une orange qu'elle pela avant de me la donner. Pendant ce temps, dans un silence total, l'officier préparait une seringue. Pour m'administrer de la morphine, ils observaient les mêmes précautions que s'ils avaient inventé de m'ôter la vie. Au voile de la jeune fille était épinglée une croix de pierreries.

Une crainte singulière m'ouvrit les yeux : une abeille rôdait autour de mon front, son vol éclairait lentement le réduit de toile où je gisais. Exténué par la difficulté de la chasser, je cherchai des yeux la jolie infirmière qui aurait pu me secourir. Mais l'abeille s'envolait avec mes rêves, j'avais été éveillé par un baiser qu'échangeaient auprès de mon lit isolé des amants chassés partout par le branle-bas d'une déroute. Les parois de toile tremblaient, des éclairs traversaient la chambre. Je reconnus l'infirmière penchée sur mes yeux ouverts. De nouveau elle posait un doigt sur ses lèvres. J'avais dû parler, car elle me demandait en souriant : « Pourquoi m'appelez-vous l'abeille blanche ? »

Je parle depuis longtemps, je ne suis pas le commencement mais le souffle de mes souvenirs et c'est aussitôt que je les entends qu'ils deviennent ma parole. Mon passé est l'ombre invisible d'un arbre sur l'herbe noire des nuits d'été, leur obscurité qui efface l'éloignement du ciel dans son beau silence d'étoiles.

Le souvenir m'a devancé dans la solitude où je me réfugie pour le revoir. Je le reconnais sans me reconnaître en lui, je le remettrais au monde, peut-être, s'il ne me regardait pas dans les yeux.

Où sont mes souvenirs ? Lointains comme le reflet dans les eaux du sommet qui m'attire, présents à mon gré parce que ma vie est en eux l'éclair de ce qu'elle est à l'horizon.

J'entrebâille chaque souvenir à la vie, dont je ne suis que l'ombre. Il m'est fidèle parce qu'il est ; et rien ne le sépare, que moi, de ce que je suis dans son cœur.

J'ai passé au prieuré de Marseillens tous les étés de ma petite enfance.

Cette demeure était bâtie autour d'une tour carrée qui avait survécu à la ruine de l'immeuble primitif. Des chênes et des pins touchaient de leurs branches les contrevents toujours fermés des étages. Les murs qui, à droite et à gauche, prolongeaient le bâtiment, enfermaient le parc, si bien que la porte de la forêt était aussi l'entrée de la maison.

Nos aspirations d'écrivain sont le pressentiment d'une beauté ensevelie dans les choses.

La poésie n'est pas un attribut du poème, elle est l'horizon dans l'âme de ce qu'on ne voyait aspirer qu'à la mort.

On n'a pas à cristalliser la beauté dans le vase clos d'une œuvre, nous portons en nous la poésie de tout ce qui est manifesté, nous devons aider la beauté des choses à nous former une conscience poétique.

Don de vérité qui prépare la victoire de la conscience sur le moi, l'amour du réel n'est que le pressentiment de la beauté à y dévoiler, en même temps, le dernier frisson personnel d'un cœur préparé à s'absorber dans sa passion.

Les larmes étaient en lui la présence d'un être insaisissable et qui était seul à frauder l'immobilité où il vivait figé. Les larmes sont un autre être au cœur d'enfant qui n'a pu prendre notre place.

Le moindre souffle de vie chantait plus haut que l'attente. Quand je pense au temps qui vient je ne suis pas tout à fait triste parce que ses ténèbres s'éclairent de mes souvenirs comme un ciel qui se couvre d'étoiles ; et, plus je serai malheureux, plus mes instants d'amour me seront présents et ensoleillés. Tout ce qui s'éloigne, c'est en nous qu'il s'éloigne. Et continuer à vivre, c'est découvrir dans notre cœur un espace infini que la tristesse escomptée incendie des plus vigilantes lueurs. De même que, dans un visage, le rayon bleu des yeux nous retient, il y a, dans des nuits d'amour, des lumières couleur de mer auxquelles l'on était insensible mais qui, par la hauteur qu'elles avaient au-dessus du présent, sont demeurées intouchées par le temps et, à mesure qu'il passait sur nous des années, paraissaient s'approcher de notre solitude, prêtes à nous retrouver dans l'instant mortel où nous nous perdions pour toujours. Elles veulent qu'à certains instants de notre vie, il n'y ait qu'un souvenir déterminé pour nous aider à vivre ; comme si nous étions le lieu de délices où le temps s'éprend de la vie.

Il faut se placer à chaque instant devant la vision de l'instant qui nous emportera. Si la terre manquait sous mes pieds et que tout se dissipât entre mes mains, de quelle lumière le reformerais-je ? Il y aura un moment dans le désespoir où la poussière sera dans nos imaginations désorientées comme une source jaillissante, la boue même nous rendra plus désolante la nostalgie du bonheur. Nous reconnaîtrons toutes les paroles d'autrefois et les plus tristes, les paroles de mort, même, porteront l'ombre du passé comme un chant lointain de délices dans une nuit sans espoir.

Nous ferons l'expérience du néant, nous saurons qu'il n'est pas l'absence, mais un amoncellement de choses tuées. Il faut que le néant soit l'œuvre de l'homme.

Je suis vivant ; et ne puis m'en étonner qu'à travers le souvenir d'un temps où je l'étais un peu moins.

Je suis le spectre de ce que je suis. Parfois,

dans le demi-sommeil, mon propre corps m'oppresse comme le couvercle d'un cercueil.

Pour contempler l'endroit que j'habite, je n'ai qu'un regard exténué par la distance, vieux comme le jour, un regard sans âge où la réalité rougeoie et s'efface à moitié, comme la lueur d'un tison ramassé loin du foyer. Le matin ne ranime pas tout à fait mes regards. Mes yeux s'emplissent d'une lumière cadavérique qui se décompose en touchant les choses pour livrer passage à l'éclair furtif d'un rapprochement audacieux et désespéré ; *l'assurance en image que ma vie est morte de me porter et que la faculté de la connaître est la faveur de lui survivre.* Le monde où je m'éveille est l'âge de pierre de mes jours, il en est l'antécédent implacable, élevant jusqu'aux nues des murs que je dois franchir pour commencer mon expérience morale.

Ma vie s'est accomplie d'un seul coup ; elle m'enferme comme un total si imperturbable de faits que je n'y saurais vivre un amour qui ne fût survie. La conscience est-elle résurrection ?

Ce monde de murailles est-il la carrière d'un soleil souterrain ? Il me semble parfois que je n'y existe que par emprunt à la lumière pensive du ciel, à la pensée lumineuse des yeux...

IV

L'HOMME *est un revenant.* C'est dans ses actes qu'il est le plus près de la réalité à laquelle son être de chair est entièrement dérobé. *Son œuvre est un fragment de l'être dont son être n'est que le songe.* N'imite pas le réel, collabore avec lui. Mets tes pensées et tes dons d'expression au service des jours et des faits qui les distinguent, asservis-toi à l'existence des choses, si tu n'es pas ce qui leur manque, tu n'es rien, tu enrichiras ce qui est de ce qui en était en toi le pressentiment. Vois, cet iris a consumé un peu de sa couleur noire pour former son calice. Tu l'avais approché en dormant : une ténèbre éclatante et jamais auparavant explorée t'attirait dans son monde secret et s'entourait de ton propre regard afin de t'apparaître.

Trois songes sont venus à moi ressusciter la douleur unique de mêler mes mains à celles d'une amie sans visage : sur les touches d'un piano, sur un clavier typographique, sur les guides d'un cheval qui nous portait ensemble.

Quand le noir ne règne pas sur mes rêves, c'est souvent un rouge sanglant qui sème sur moi des visions peuplées de fleurs, de flammes ou bien des lampes couleur de rubis fixent mes yeux sur une scène où chante une femme. Sa robe de bourreau me fascine, le rouge est son ombre. Je ne me détourne que pour connaître la même pourpre, au premier rang des spectateurs, sur le corps d'une femme masquée de noir, immobile dans la lumière souterraine de ses brillants comme une grande idole nocturne.

Les hommes prétendent s'affirmer en se défiant de tout ce qu'ils sont. Celui qui les accuse ne connaîtrait pas si bien leur mal s'il n'en était pas lui-même infecté. Longtemps il a cru qu'on devenait un écrivain en renonçant à celui que l'on était, et sa force s'est d'abord consumée dans cette activité destructrice, incapable de s'examiner elle-même et de se connaître à elle seule comme l'âme d'une vie et le méridien d'une vérité.

Chacun obéit en aveugle à celui qu'il sera. « Mon âme n'a pas à devenir. Elle est ma fin, et quelquefois, ma ruine, pour avoir rêvé dans mon corps que l'espace n'était plus. Elle est le zénith de ce que je croirais devenir, la cime où je me porte dangereusement quand je crois me penser moi-même. L'oiseau qui monte verticalement au-dessus de la mer croit battre seulement des ailes, mais il tire un rivage de sous l'horizon, l'élève au-dessus de l'étendue, il n'aura qu'à tomber pour y aborder. Instrument aveugle de celui qu'il porte en son cœur, l'homme est lumière, mais la proie d'une étoile qu'il attire sans la voir et qui se voit dans ses larmes... »

M'a-t-elle entendu ? Elle quitte sa chaise, s'esquive, abandonnant son sac, ses gants. Elle ne sait pas que c'est elle qui s'en va. Il ne faut pas lui reprocher ses étourderies. Elle a perdu l'habitude d'écouter depuis qu'elle parle uniquement à des objets inanimés... « Pauvre cher, me dit-elle, bientôt je serai complètement fondue ; une de plus que l'on vous accusera d'avoir rendue folle ; on ne vous comptera pas les longues années où vous m'avez empêchée de le devenir. »

Un homme grand, chauve, rieur m'apporte une peinture que nous contemplons ensemble. Toute vision se fait un nid dans notre rétine qui, pour la recevoir claire, déforme l'œil entier et explore en ce mouvement toute la ténèbre musculaire du corps. La porte s'ouvre sur un très jeune garçon, il regarde la peinture, la trouve belle, s'étonne d'un point rouge qui étoile l'ombre d'une cruche où germe la même couleur. Il demande au peintre comment il a deviné que cette touche achèverait son tableau : « Je travaille mon œuvre, répondit-il, jusqu'au moment où ce n'est plus moi qui la peins. »

On sonnait, un pas hésite dans le couloir. La porte s'ouvre sur une jeune fille fraîche qui porte une serviette. Après m'avoir prié de confirmer mon nom, elle demande ma femme, s'excuse en m'entendant répondre que je suis célibataire, se trouble comme si je lui avais avoué la perte de quelqu'un. En riant après chaque mot, elle me demande combien de pièces j'habite, si ma maison a des greniers, recommence son travail parce qu'elle a taché la feuille que je dois signer. Puis elle sort sans serrer les mains, sous la longue pèlerine nocturne qui est tombée du ciel sur les épaules.

Le singulier engagement de l'homme moderne, toucher le sommet de l'espérance sans renoncer à sa misère, sa grandeur se définit par le poids de ce qu'il aspire à sauver.

Tu n'as pas de nom pour désigner Dieu, tu les as tous pour les chercher.

Tu habites le monde où l'on ne voit que l'ombre de ce qui nous voit.

Un désastre humain peut résumer une malédiction dont l'imagination sonde difficilement le fond ; et rester cependant le signe lisible et léger d'une fatalité heureuse. Un homme est étendu, une vertèbre brisée. Attaché au cercle du réel, il devient l'égout de la vie où il était, la veille encore, compris, il se voit, il incarne la hideur d'un individu commençant à lui-même, il est la présence réelle de ce que l'existence ne connaît plus. Quel autre sentiment peut-il nourrir que la peur de subsister ? Il est ignoble de survivre quand on n'est plus l'image de rien.

Il n'est pas le symbole de la malédiction, il est la malédiction, capable peut-être de pourrir tous ceux qui l'approchent ; et ce n'est pas de sa chute physique, mais de ses terribles sous-entendus que sa parole doit l'aider à se relever. Quelle dérision ! Incarner le mal sous sa forme périssable et devenir l'hostie de la laideur universelle ! Horreur d'être amour quand on ne sent plus Dieu en soi.

Sauf que la parole de cet homme le retranche de la condamnation qu'il personnifie. Parce qu'elle est la chair de ce qui ne peut être ruiné.

Notre conscience est un horizon que nous découvrons dans le cadre de notre propre vie. Sur cette perspective illimitée nous ouvrons notre fenêtre respirant dans ce que nous y voyons le reflet de la lampe allumée à notre chevet. Les murmures de ce monde annexé nous paraissent réfléchir l'atmosphère de la pièce où nous nous tenions. Il n'y a pas de conscience close. La voix de notre instinct de conservation ne doit pas être la prison de tout ce qui porte un nom :

Notre être intérieur n'a pas de limite, il libère tout ce qu'il nomme. Notre langage n'est jamais langage d'un seul homme. C'est parce que je parle que j'ai deux êtres en moi.

L'âme ne sait pas dire « Je ».

Notre conscience n'est que la tentation de nous survivre dans nos paroles.

L'homme broyé craint de nommer sa propre douleur comme s'il savait que tout ce qu'il éprouve a été ramassé dans la boue. Un malheur vous suit comme une faute et le mien m'a pourchassé comme le spectre de l'infamie. *On dirait que ce qui détruit un homme est son propre crime quand il en doit faire remonter la cause à son Dieu.*

Je continue à porter mon mal comme un crime dont la mort seule saurait me laver. Conviction inexplicable. La tentation de me trouver absous par ma souffrance me crucifie plus sûrement que ma souffrance. Je pense chaque jour à l'heure consolatrice qui réunira les miens autour du lit où j'expirerai. Déjà l'approche de cette heure souffle sur mon langage et lui interdit des amplifications inutiles.

En plusieurs occasions j'ai peint des hommes, non sans indulgence. Je les ai décrits pour me cacher ce qu'ils étaient. J'ai ri de leur singularité pour me rassurer sur leur ressemblance avec moi.

Après, je les ai mieux vus. J'ai compris par quelle illusion je me trompais sur eux. C'est une tentation naturelle que d'enfermer la figure de l'homme dans le monde châtié de la parole. Ainsi, un peintre adoucit les tons pour nous dissimuler que la lumière hurle, il peint comme un rêve. Il faut que l'homme soit avouable et qu'il parle un langage purifié par le grand jour. Nous ne voulons rien savoir de celui qui est au secret dans l'oubliette intérieure où se poursuit la chute que nous sommes.

Il a bien fallu que je soutienne seul la vue de ce que nous sommes en secret, cette vérité humaine sans lien avec la parole.

Après avoir écrit un livre, à tort jugé audacieux, on s'avise que l'acte même de le rédiger lisiblement en adultérerait à l'avance la sincérité. On prête à l'homme des intentions, ce ne sont qu'abat-jour qui lui permettent de soutenir la vue de son infamie. Tous les sentiments, tous les programmes physiologiques prennent corps dans la seule passion authentique de l'homme, la peur d'être vu, la peur de se voir lui-même tel qu'il est.

Tu as cru que tu avais fait le mal c'est que le mal t'avait fait. Si tu avais à créer un individu, tu le composerais de ce qu'il y a de plus abject au monde, il serait cendre et rebut, tout ce que la lumière a dû vomir pour éclairer ce qui la nie.

C'est tout ?

Après tu lui donnerais un regard qui n'eût touché à rien, nu comme une épée et qui ne soit un miroir que pour la cime du jour.

Ainsi il aurait conscience du mal ?

Non, il aurait conscience, c'est assez.

V

L'OUBLIETTE aérienne. On y pénètre après un long chemin dans l'épaisseur des murs. Aucune pièce ne lui est tout à fait mitoyenne. On ne la trouverait pas, même si on savait où la chercher. Celui qui l'habite n'y est jamais présent qu'en effigie. Ses membres ont l'habitude d'une autre maison dont la sienne n'est que le mausolée ; et qui l'enferme entre les murailles inapparentes de très belles pièces nues.

Ce qui caractérisait cette chambre, c'était la décence des propos qui s'y tenaient, l'allure parfaitement morale des rencontres qui y avaient lieu ; et, cependant, l'absence complète de retenue sociale que l'on sentait dans les consciences très libérées des hommes et des femmes qui s'y rencontraient. On y voyait des êtres qui s'aimaient, qui se l'étaient dit, qui ne s'accordaient cependant aucun témoignage d'amour, peut-être parce qu'ils comprenaient un peu plus qu'ils ne sentaient, ou que le rêve les contentât, ou qu'il fît trop beau dans leurs paroles.

Un mari obligé de confier sa femme à ses camarades la voyait revenir rêveuse, hantée, mais intacte. C'était le calme de l'abîme et du danger, un endroit où tout était possible et où rien n'arrivait : peut-être le lieu où s'élaborait une nouvelle idée de l'amour.

Dans le voisinage de cette chambre la conscience publique pourrissait. On imaginerait mal de quelle lèpre se couvrait l'âme de ceux qui jetaient un œil sur cet enclos de fraîcheur. La conscience noircissait devant des libertés dont elle ne sentait que les possibilités. Autour de cette eau claire, il y avait toutes les infirmités morales qui étaient poussées par un désir de guérison, toutes celles que ce foyer achevait d'épanouir.

L'homme est bon, à moins qu'il ne se sente menacé. Mais il sent sa propre vie comme une menace.

Par ces journées glaciales, je ferme hermétiquement les volets dès le matin. Je ne veux ni voir la neige des toits ni le ciel redevenu bleu au-dessus des cheminées. Transi en dépit de ces précautions, je m'enveloppe de châles, je souffle sur mes doigts, tout ce qui éclaire mon regard me donne froid, l'ombre est déjà le reflet du sang. À deux heures j'ai éteint ma lampe de chevet. Enfoncé dans de demi-ténèbres, je regarde le feu qui me paraît plus ardent et plus réel.

Deux femmes parlent avec animation dans le

corridor. Sous leurs voix fraîches j'ai cru entendre des rires, mais les yeux de la plus belle s'emplissent de larmes tandis qu'on me la présente. Je l'avais vue quelques années plus tôt, jeune fille et enjouée. Ce soir elle est enveloppée d'un manteau sombre, son regard s'emplit de nuit.

« Vous habitez, me dit-elle en regardant mes tableaux, au milieu des couleurs, c'est-à-dire sous la terre. Mais vous avez un épervier sous le front. N'êtes-vous jamais parti ?

— Assez souvent ; ma famille m'accompagnait jusqu'à la gare. Chaque fois que je partais à l'insu des miens, le train passait sans me prendre. »

Encore tout enfant, parlant à peine et ne sachant qu'aimer, je suis tombé malade, on m'a cru perdu. Retenue au loin, ma mère ne put me soigner mais promit à une Vierge noire ses deux diamants les plus beaux en échange de ma guérison. Avant d'avoir appris à lire, j'ai vu mon nom sur une plaque de marbre devant la niche de la madone couleur de nuit. Les diamants ne brillaient que les jours de fête aux oreilles de l'idole. Éclairés par les cierges, je les voyais dorés, sauf quelques étincelles d'azur. Dès que sonnaient les cloches, l'église s'éloignait et partout, elle s'était enfoncée dans un silence souterrain.

Bientôt les curés dégarnirent les chapelles dont un décret allait rafler les trésors. Le clergé sollicita ma famille de racheter les deux étoiles de pierre et, montées en bague, elles revinrent au bal, avec la permission de Monseigneur. De sa niche où on l'a laissée, l'idole d'ombre a vu quelquefois des larmes dans les beaux yeux de ma mère, qui la prie encore et avec plus d'à-propos disent les médisants depuis que son fils est auteur : on l'appelle Notre-Dame de la Parade.

En apprenant ma langue je suis entré dans une si vieille armure que j'ai perdu mon bien le plus précieux, l'étonnement de vivre. Au lieu de garder la mesure intacte du don qu'il est, mon esprit, incorporé à un personnage de fondation, se trouve quand il devrait naître.

Qu'elle se forme hors du temps ou qu'elle revive continuellement en moi l'instant de ma naissance, mon existence a un contenu vierge que je peux manifester au sein de ce qui vient à moi. Il s'agit de perdre mon ombre.

Notre âme est séparée de notre corps par la vieillesse du monde. Je veux habiter la partie périssable de mon individu : donner à chaque fait des limites pareilles à celles du rêve.

La nuit, je ne perçois pas un bruit sans que quelque chose en moi soit jeté à bas. Tout ce qui entame le silence fait échec à ma pensée et l'interruption brutale de ma pensée m'emplit d'horreur. On ne peut plus toucher à mon esprit sans effrayer mon cœur. Ma raison s'agite comme si les jugements craignaient en elle de se former.

Je n'ai pas reconnu dans la jeune femme qui venait d'entrer celle que j'avais attendue sans relâche et je n'ai pas cessé d'être triste tout le long de l'heure qu'elle pensait me donner.

Frêle, rose, un air insolent de femme née au chant du coq. Le jour n'est venu qu'après elle, elle le considère d'un peu loin comme si elle y regardait mûrir des épis...

Décris le jour et la nuit qui se lèvent à travers les pensées des hommes et leurs sentiments. Ils marchent tous vers les buts illusoires qui apparaissent aussi à l'horizon de ce qu'ils écrivent. Mais, dans leurs multiples démarches flottent vaguement des visions dérobées, toujours les mêmes.

Les écrivains montrent ce que les hommes sont et non comme je voudrais y parvenir, ce qu'est leur être.

Il faut simplifier la vie et la dévêtir de ce que lui ajoutait l'ombre de nos personnes. Je veux que la contemplation poétique d'un fait soit l'élimination de ses hasards intérieurs.

Sa voix était restée dans ma chambre. Elle me laissait son image en me laissant ses yeux.

Nous ne devrions pas avoir besoin de nous connaître pour connaître la mort.

Nous ne savons pas si elle existe. Elle est hors

de notre imagination ; et l'esprit qui veut la concevoir ne réussit pas à la voir, il voit Dieu.

Nous ignorerions que nous sommes mortels si nous n'avions pas vu mourir. Nous ne nous sentons pas mortels, mais semblables à ceux qui meurent.

Aussi cela demande-t-il un effort à l'homme, un effort d'humilité, que de se figurer sa mort et l'abandon d'une conviction chevillée à l'existence.

Il faut qu'il oublie la voix de son orgueil et s'incline devant sa ressemblance avec l'homme.

Six fenêtres immenses versent dans une rue détournée la lumière de la maison que j'ai habitée autrefois. Je me suis glissé dans cette pièce dont je ne savais pas l'existence et qu'on a dû ouvrir dans un appartement qui dominait le mien. C'est la salle immense et nue où se forment toutes les voix du monde. Comme j'y suis entré, je m'en retire sans être aperçu, vais et viens longuement dans la rue froide où personne ne passe, transi et comme vidé par la lumière que versent les fenêtres, grandes comme des portes, de l'appartement inhabité. Profondément agité par le sens secret d'une longue phrase qui se précise en m'éveillant « ... mon regard vide la rue noire quand je suis la voie où personne ne peut me voir ».

VI

DES voix dans l'escalier ne m'émeuvent pas, ni des pas légers, ni le poing qui ébranle la porte et frappe le treizième coup de l'heure, mais avec prudence, comme pour sceller le sommeil de la vieille maison ; des jeunes couples m'apportent entre deux danses des camélias et des roses, les parfums et les airs d'une fête de nuit. J'écoute leurs noms où dansent des menuets. Je souris à des sourires.

Une jeune femme en jupe courte passe entre les robes du soir et s'assied furtivement sur le bord de mon lit d'où elle me regarde, tête baissée, comme pour me montrer une croix de rubis piquée dans ses cheveux noirs. On ne me l'a pas présentée. Peut-être une inconnue que chacun croit introduite par un autre.

Moi qui ne vois que cette fille, je n'ai plus d'yeux, je ne dis rien, et je n'entends qu'elle. Je ressemble à une épave dont ne voudrait pas l'abîme et qui dessinerait interminablement, à la crête des vagues, la silhouette absente du bateau.

Tout ce qui m'a été soustrait en un instant, je dois l'extraire lentement du peu que je suis.

Qui sait si cette nouvelle venue, dont les yeux ne me quittent pas, devine ce que j'éprouve ? Elle me regarde avec son visage après m'avoir effleuré des yeux. On dirait une passante examinant les étoffes d'un étalage et après, sa propre image dans la vitrine qu'obscurcit le soir.

« Même au temps où tout le monde me ressemblait, me dis-je, ma personne ne fut que mon étoile, je ne m'ignorais pas assez pour être quelqu'un... »

Souriante et penchée vers moi, elle se fait toute petite et lente et très appliquée, me désigne mes visiteurs. Ils se sont tous assoupis. Des chapeaux d'hommes ont glissé sur le tapis. Elle rit, les mains jointes. On dirait qu'elle les a plongés dans l'oubli en me regardant rêver.

Au mois de mai, les nuits sentent la terre et la fleur qui s'ouvre. Les mots sont transparence, la voix s'y écoule avec le demi-jour. Qui est cette jeune femme ? Je la vois rougir et j'entends qu'elle s'appelle Blanche. La vie ne semble pas faite pour être vécue. Là où elle regarde en nous, là elle est ; pressentiment de son image, gonflée comme un rêve qui se gorgerait de l'obscurité nocturne.

Et je vois des habits noirs se lever, venir à moi en longue file et le visage dans la nuit comme les piques d'une carte à jouer. Un invité a secoué en riant l'épaule de Blanche qui regarde tout le monde, frissonne, s'étire. Autour de mon lit s'empressent avec un bruit d'eau froissée, les robes aux nuances d'océan, d'hortensias, de violettes. Les jeunes filles rient, et cachent leurs lèvres dans des bouquets rouges, bleus, lilas, on ne voit que leurs yeux, mais les fleurs paraissent plus rouges que le rouge, plus jaunes que le jaune... Ce sont les couleurs dont se revêt au grand jour la terre des profondeurs ; couleur des yeux, des corps et de la mer ; non l'éclat du ciel, mais l'éclat de l'ombre.

« Comme vous avez bien dormi tous les deux ! » s'écrie une enfant rose qui ressemble au matin. Je ne veux pas la croire, je n'ai pas rêvé le sommeil des habits noirs.

C'est maintenant que je dors, me dis-je en les écoutant dégringoler l'escalier. Je suis, mais je ne suis que le regret de cette vie fabuleuse qui enveloppe mes jours, leur survit, au moins en moi, après les avoir précédés. Je suis le regret de la vie qui parle seule et des choses qu'elle regarde sans que mes yeux la voient.

Dans le jour soudain assombri, la violente pluie d'avril toucha les carreaux de sa gerbe lumineuse. Le chapiteau de pierre qui dominait la cheminée reprit sa couleur grise comme un bouquet de violettes enveloppé par le brouillard. Le vent de la porte ouverte souleva un essaim de guêpes dans le foyer, la femme qui venait d'entrer avait le visage couleur de sable, sa marche obéissait à la volonté de quelqu'un qu'on ne voyait pas. Elle venait vers moi, sans me voir...

Non pas la femme la plus jolie, mais la plus plaisante, disait-on, une brune qui éteignait les blondes ; il vibrait de la lumière froide dans son regard ; à chaque instant, perçait dans son visage le commencement d'une transfiguration.

Quand elle me raconte une scène qui l'a passionnée, elle accomplit un effort pour se rappeler que c'est à moi qu'elle parle, elle m'arrache à mes distractions. Pour être entièrement à ce qu'elle me dit, elle se détourne de moi, quelque chose qui l'entoure attire ses yeux, durcit dans son visage de porcelaine ses traits pareils à ceux d'une poupée.

L'homme est le lieu des faits qu'il contrôle et de ceux qu'il ne contrôle pas.

L'instant qui ne m'apporte pas un enrichissement ouvre en moi une blessure. Chaque présence est une apparition. Pas un être dont je n'attende tout. Prêt à m'accuser du mal qu'on me fait car il m'apitoie sur les hommes et m'endurcit contre mon cœur qui n'a pas su les changer. Chacun porte en lui les éléments d'un miracle qui le rendrait le plus beau de tous ; et nul ne fait de rêves si beaux qu'il ne puisse en être le songe.

Il n'y a pas de merveille dans notre imagination dont ce que nous aimons plus que nous-mêmes ne doive recevoir le don. Il n'est pas un être qui ne sache, à force d'amour, devenir l'éblouissement de tous.

Je l'appelle la Souterraine à cause de l'endroit, toujours le même, où elle m'apparaît.

C'est la rue de la gare, toutes vitrines fermées, aussi étranglée que si on l'avait, à minuit, enfoncée toute droite dans les profondeurs de la terre ; ou que, par une loi encore inconnue, son reflet se reformât à l'envers de la croûte terrestre, sous la lumière plombée d'un soleil souterrain. Des amis morts depuis trente ans errent dans la ruelle, en parlent au passé, comme ils parlent d'eux-mêmes, sans entrain, mais avec une sorte de tristesse allégée, le sentiment mélancolique des morts pour qui la mort n'est ni une crainte ni un secret.

Je vois Blanche venir à moi. *Elle porte dans la main gauche une orange de terre enveloppée d'un papier de soie.*

VII

J'AI cherché les événements extérieurs dans lesquels je m'apercevais soudain que mon aventure était comprise. Ma vie est souvent captive des faits dont elle était l'horizon et toute l'aventure. Je surveillerai les événements et d'abord les plus simples, mais qui aient un sens pour moi, un autre sens pour mon âme. Le lever du jour, la fin de la nuit. La déconvenue devant ma porte d'une femme qu'on ne reçoit pas et dont le nom se perd avant de m'atteindre, comme le souvenir de cette journée surchargée.

Le fait que je vous confie n'est pas dans la main de ma vie, il tient ma vie dans la main. À lui seul, il est tout ce que je suis.

Je cherche longtemps un air très court que j'imagine battu sur les cordes d'un piano dans l'ombre d'un salon. Après, détournant mes yeux d'une photographie qui représente la Souterraine, j'imagine un endroit aussi limité que possible de la mer, un remous clair sur un galet, où le regard se rallume tout d'un coup et semble contenir toute ma pensée. Dans cette ride transparente et libre oscille toute la mer et rit la joie, aussi, d'une créature assez petite pour contenir dans une main d'enfant. Je contemple ce papillon d'eau, si vivant dans son triangle de notes lumineuses que je ne sais plus si c'est de mon propre regard que je m'enivre ou de sentir si proche le monde d'où il me revient.

Nul ne comprend tout à fait ce qu'il veut qu'en l'apprenant à une femme. C'est un peu comme si nous lui demandions de nous arracher au cycle des naissances, de nous aider à oublier que nous avons été conçus.

Puisse-t-elle te guérir du vilain mal de n'aimer qu'à moitié ce que tu aimes.

L'accident qui mutile un homme ne touche pas aux sources de son existence ; il n'est mortel qu'à ses habitudes. L'infortune physique ne corrompt que ce qui était à corrompre.

— Ainsi, après avoir été jeté dans ton lit d'infirme, tu as vu ta vie venir à toi ?...

— Hélas ! Qu'ai-je incarné de plus que l'accident dont j'avais été la victime ? Je suis devenu la croix qu'on élève sur le théâtre d'une catastrophe.

— Alors, tu n'étais pas dans la vie avant de devenir un infirme...

— Combien n'aiment la vie que pour se croire aimés d'elle. Ainsi, on s'attache à une femme, persuadé qu'elle mourrait de vous perdre. J'aimais ma vie dans mon image.

— Un sentiment est-il une vision ?

— C'est l'âme vue avec les yeux de l'âme.

Qu'as-tu fait de ta pensée ?

J'ai feint de me plaindre. J'ai tenu le rôle de l'homme dont ma blessure m'avait débarrassé. Ma douleur n'était pas sincère. Ni l'apaisement que je feignais d'avoir disputé au désespoir.

Une autre guerre va éclater. Que saurais-je apprendre à ceux qui vont connaître mon sort ?

Que tes secrets cessent de t'emprisonner ! Ce qui n'existait que pour ton cœur deviendra la ressemblance de ceux qui t'aimeront.

Produit heureux d'événements plutôt rares et assez grandi par eux pour qu'on t'estime digne de les avoir enfantés, tu tiens le monde aux ordres de ta naïveté sans pareille et de ton langage accueillant comme la nacre.

... une ombre s'attache au poing fermé pour saisir ; à la place où la main s'ouvrira elle pèse un peu d'espace, on dirait qu'elle argente le miroir d'un oiseau.

Il est des paroles pour assurer la légèreté de tous les autres, non plus, comme autrefois : Écoute, mais

comme demain :

« Tu m'entends ? Tu me crois ? »

J'ai vécu la nuit dans l'amour d'un lieu et cet amour n'était qu'une couleur lointaine, un regard traversant le verger pour découvrir une aurore d'un instant dans les chaumes, sur le miroitement des mûriers, sur l'épi ensoleillé où chante une goutte d'eau claire.

Le regard creuse un bouquet blanc, pauvre, et novembre se referme sur un horizon de griffes hideuses, mais bientôt dessine, à travers les masses blanches et effeuillées des fleurs, un visage fané et meurtri sous le jet électrique et rendu à sa beauté plus loin sur le fond pâle où n'atteignait d'abord que son ombre. Sur la peinture de Max Ernst qui a pour titre « le vol nuptial » un bleuet tombé d'une étoile dessine un profil de marquise. Elle a souffert, se croit vieille parce qu'elle a oublié ce qui fut sa souffrance, elle se tait de peur que sa voix ne pleure. C'est la Blanche-par-amour. Elle sait des chansons ; et le nom qu'elle donnerait à l'homme assez enfant pour devenir tout le bonheur d'une femme très triste.

VIII

Je l'ai attendue. Le silence se couvrait, hâtait les progrès de l'ombre. Je revoyais des hivers perdus et les brouillards qui avaient bleui la terre. Sous les ciels gris, les ruisseaux emportaient, avec un grand bruit d'argent, une moisson de fleurs.

Dans la lumière tremblante de ses yeux bleus m'apparaissait une fille blonde comme la rosée. Son ombre était une autre femme.

J'entendais alors sa voix où les paroles étaient le linceul d'une chanson étrangère. À l'autre de me sourire avec tout son corps, pâle et nu comme une image du ciel dans un miroir de lait.

Les derniers reflets du crépuscule d'hiver se soulevaient comme des lis sur le mouvement de l'air froid, pâle comme une chair.

Dans l'escalier qui mène à l'étage supérieur un pas retentit, agitant les larges feuilles d'un palmier d'appartement qu'une lampe éclaire d'un léger frisson.

Seul et j'avais froid, le silence m'accablait. Dans ma chambre qu'une lampe n'éclairait pas toute, je voyais flotter les feuilles sombres d'un arbuste qui, le matin même, était arrivé de Paris. En regardant ce végétal dont la couleur semblait éclose entre deux eaux, je m'accusais avec tristesse d'avoir si maladroitement remercié l'amie qui me l'avait envoyé.

Je posai ma plume. Mon âme était exténuée par une aspiration sans but. Elle aimait plus haut que le monde où quelque chose venait vers elle, la pénétrant de son impuissance à réchauffer le corps éteint de la vie.

Dans l'escalier dérobé, un pas retentit, me serrant le cœur. Un léger frisson avait parcouru les larges feuilles du palmier et c'était moi qui tremblais, mon regard couvrait la fuite d'une ombre que j'avais cru voir. Il me semblait que tout mon être était la mort de mon cœur. Jetant les yeux sur le lieu glacé qui m'entourait, je me pris à le souhaiter plus morne encore, plus désertique. Puis, le froid devint plus doux, et comme s'il m'avait caressé je me souvins qu'une jeune fille était morte la nuit précédente dans l'appartement que quelques marches séparaient du mien. Des pas heurtaient maintenant l'escalier. L'air tiède avait depuis longtemps l'odeur d'une rose fanée. J'appuyai ma main sur un objet de métal. Tout restait froid, mais comme la pierre des hauteurs où le regard se rassure. La morte était-elle avec moi ? Son absence passait ce que je voyais, l'enveloppait avec ma vie, l'introduisait dans la lumière vive du temps qui s'ouvrait. On aurait dit que les coups de mon cœur avaient descellé la froideur de l'être ; et que je l'avais entendu me dire : « Je me ferai chair quand tous les objets de tes sens se seront faits esprit. »

Je ne me sens pas assez réel pour croire que je mourrai.

On m'a abandonné devant la maison de mon enfance. Je colle le front aux vitres de la porte d'entrée. Des vêtements sont accrochés à un portemanteau en bois tourné haut comme un homme, mais assez semblable à un squelette de géant, décapité : un manteau bleu pâle fourré d'hermine, un domino de satin jaune. La vue de ces étoffes heureuses me serre le cœur parce qu'elles me cachent un endroit du mur où jadis une porte était pratiquée. Je ne peux tourner, ni même ébranler le bouton de porcelaine qui ouvre ce couloir. Et me souvenant que, tout enfant, je poussais ce battant sans effort, je pense qu'il faudrait un géant pour le remuer ou toute la force de ce qui est mort dans cette maison pour déplacer ce panneau qui s'est refermé seul tant de fois.

Il voulait être un fantôme afin de ne le point rester. Le réel, il le voulait illusoire. Quant à l'illusion reconnue, déjà désaveuglée, elle lui paraissait le plus sûr appui de la pensée, parce que moins chargée de mensonge. Toutes les folies sont des états de grâce.

IX

UN revenant. Il l'est par nature. Il se peut que sa vie lui peigne cette vérité. Sera rendu réel en voyant les faits nier cette existence négative qui a été la sienne.

Assis au dernier rang, dans un théâtre où son chagrin l'a poussé, cet homme m'a vu, dans un drame qu'il savait par cœur, incarner un rôle de prince dément.

À la sortie, il m'attendait. Comment m'aurait-il reconnu ? Mécontent de mon jeu, je fuyais le mensonge des applaudissements, haïssais de plus en plus les malentendus sur lesquels ma réputation était édifiée. Il m'appelle. Je ne peux lui cacher ma stupeur.

Il était le prince dont j'avais inutilement cherché la ressemblance. Qu'en savait-il ? Celui que nous sommes est à jamais perdu pour nous. La flamme qu'un homme devient s'est éteinte dans sa conscience.

Tu seras dans ta vie comme si elle n'avait pas eu de commencement et qu'elle dût toujours durer. Tu feras d'elle une demeure comme si tu devais t'éveiller dans le cœur du passant qui la connaîtra.

La parole était une expression de la tendresse, puis la langue de la tendresse, elle deviendra son rayonnement, la voix naturelle de l'amour, de ce qu'il cachait de plus réel que nous. C'était cela, sans doute, écrire : donner notre réalité à ce qui nous avait mis au monde et dont nous n'avions été, si longtemps, que la nostalgie, non pas créer des rêves, mais donner notre réalité à la vérité de qui nous la tenions afin de redevenir dans son sein légers comme des rêves. Je l'avais pressenti, je le sais, après avoir passé ma vie à chercher des passagers pour ce voyage, et des camarades assez belles pour avoir l'air d'en revenir et que je n'eusse qu'à regarder au visage pour suivre ma route au reflet des astres. Comme cela est clair sous son romantisme apparent : les grandes époques se reconnaissent en ceci qu'il faut inventer pour en saisir l'exacte figure.

X

IL avait accompli un grand pas dans sa voie morale. Se sachant incapable de penser au mal sans en subir les attraits, il prenait soin de ne plus s'accuser. C'était supprimer des occasions de faillir que de ne plus se jurer qu'il renoncerait à ses vices.

— Tout ce qui t'a touché, tu voudrais l'ensevelir dans la légèreté de ton apparence. Est-ce que tu veux mourir de toi au lieu de mourir de ta mort ?

Dans un vase rempli d'eau flottent des mûres noires. Chaque fois qu'une des baies commence à pâlir, je vois un corbeau s'envoler. L'oiseau s'éloigne, le minuscule fruit a pris la transparence du liquide où il devient enfin invisible quand le volatile noir n'est qu'un point effacé de l'azur.

Sur le toit d'une église les corbeaux se sont abattus. C'est une chapelle silencieuse et nue où je suis entré. Deux jeunes filles seules y marchent lentement vers le portail largement ouvert sur une rue sans voitures, au cœur d'un quartier où l'on étudie.

Elles ne me voient pas marcher entre elles ; et je les empêche de se voir peut-être ; ou bien le souci d'observer l'horizon détache leur regard de tout ce qui les avoisine. Celle qui n'est pas habillée de bleu est la Blanche-par-amour. Vêtue de blanc, elle arpente l'église sans hâte comme si elle n'en devait jamais sortir ; et dorénavant, embellir avec la couleur satinée de sa robe le réduit aux murs dévastés.

Il ne reste plus une image sculptée dans le sanctuaire. On peut cependant compter les statues disparues, leur ombre est restée, et se rétrécit sur le mur où elle prend la forme d'un cœur noir ; ou, en équilibre au bord du socle nu, vacille au pas des deux femmes, comme un corbeau prêt à s'envoler.

XI

ELLE avait lu un appel dans la lettre que je venais de lui glisser.

Je me suis rembruni en la recevant, elle préférait douter de ses yeux, elle me regardait alors dans son cœur et son visage en était tout illuminé.

La Blanche-par-amour se tient à sa fenêtre, au premier étage d'un bâtiment monumental et vétuste, si imposant qu'il paraît difficile d'y entrer. Rien n'a été prévu pour empêcher ses occupants d'en sortir. Le portail grand ouvert est lié par une treille légère où court un peu d'ombre. J'entends, en passant, la voix de cette jeune fille. Elle dit très haut, sans doute à mon intention, qu'à dix heures quarante, chaque soir, elle se promène à l'endroit où je viens de passer. Une grande tendresse m'envahit.

Il me semble qu'elle va entrer, que, dans l'obscurité du corridor secret, la porte tourne sur elle-même, avec ce cri des gonds que je crois reconnaître chaque fois que dans la cour ensoleillée j'entends la plainte d'un oiseau captif.

Le souvenir de sa voix est autour de moi comme un bruit de source et peut-être le rythme en restera attaché au silence, car je le perçois comme l'écho de quelque chose d'intérieur.

Il faut être détaché de ce qui ne tient que de son existence le privilège de nous attacher.

Il faut aimer si loin et d'un cœur si profond qu'à cette affection il ne se puisse rien accorder que par le secours de l'espace et de son vertige et comme par la vertu de l'éloignement.

Ce qui m'entoure ne peut commencer à m'être donné qu'à peine l'éveil de mon cœur et l'exil de ce qu'il enferme me l'ont montré hors de ma portée et inaccessible.

Elle rayonne de l'espace...

Elle a le don des choses et le don de ce qui les fait ce qu'elles sont.

Comme si les choses portaient soudain leur part de ce qui me maintient au large de tout.

Il y a sûrement un espace qui est plus près de la lumière que le jour et l'étendue nous le cache.

Peut-être cette impression n'est-elle qu'un effet. L'illusion attachée à l'assurance morale de quelqu'un qui s'élève parce qu'il a senti en lui des convictions nouvelles et profondes.

Toute mon enfance, je t'ai attendue. Ma sœur te ressemblait, mais elle n'était pas toi. Plus tard, je t'ai vue, un instant, ce n'était que ton sourire.

Tu devais naître ma sœur et me faire oublier ce lien, me faire oublier que tu étais née, que j'étais moi.

J'ai vécu, je te dois de n'avoir pas maudit le jour. Tout ce que j'ai souffert a servi un dessein obscur qui ne devait s'éclairer qu'avec l'oubli de mes souffrances. Te rendre réelle, écrire des contes pour celle que tu aurais été.

J'ai cru que je lisais ton avenir dans ton visage. Dans la transparence de ton teint vivait le vent que rien n'avait effleuré.

Ce rêve d'orient, dans tes yeux noirs, je ne le reconnaîtrais pas si, en te ressemblant, il ne m'apprenait par quelque trait, qu'il avait été mien. Dans les traits que l'on sait regarder on voit toute une vie, *c'est la vie que l'on avait traversée sans la voir.*

À chaque instant, sauf au moment où je te vois, nous avons incarné, nous incarnons tout ce qui est, moins le peu que nous sommes. Et de ce peu que nous sommes nous gardons le souvenir comme s'il était tout. Passe un visage, il nous fait rêver d'Indes imaginaires et cachées, croyons-nous, dans l'avenir, mais en fait, il éclôt, sous le méridien de notre être visible, notre identité souterraine, celui que nous avons été sans le savoir et que, parfois, faisait tressaillir au passage un fait inexpliqué, un capucin, par exemple, nous tendant sur des cartes postales en éventail un message indéchiffrable. Il faut le croire : notre vie est la profondeur invisible de chaque instant. J'en suis sûr, tout ce que je suis passe sur moi, plonge ses yeux dans les miens, m'aveugle avec ma personne sur ce que je deviens.

Ici rien n'est hors de son lieu distant de son être. Jamais une action n'y est aidée ou entravée par une résistance morte ou qui, dans l'espace qu'elle occupe, pèse moins que cet espace.

Mes jambes me portent, dans une chambre où j'entre à pas prudents. La Souterraine à demi nue est assise. Ses yeux ne sont pas elle. Si elle sait que je viens de pousser la porte vitrée, elle ne sait pas qu'elle est dévêtue. Est-ce mon émotion qui affaiblit mon pas, est-ce mon mal ? Je m'approche d'elle. Le péril où je la vois est si grand que mon infirmité ne me dispense plus d'intervenir. À la difficulté de la déposer sur son lit j'ai deviné qu'elle était enceinte et n'arrive qu'en retombant à genoux à hisser sur sa couche cette fille en mal d'enfant, apeurée, silencieuse et qui n'entre pas dans son rôle de souffrance sans me faucher les genoux. Il a fallu cette allusion à la naissance pour serrer sur mon corps la poignante ankylose qui ne me suit pas en général dans le songe. C'est la première fois qu'une image de la naissance entre dans mes rêves où jamais encore je n'ai vu la mort.

XII

AMOUR déréglé, solitude sans mélange dont le songe nous offre le modèle. Franchir à son gré les limites de sa personne et entrer sans surprise dans le monde si doux de l'irresponsabilité.

On croirait que je loue en elle et en moi une espèce de folie ; mais je me borne à suggérer qu'on perdrait la tête à essayer de me suivre.

Nos plaisirs tournent à l'enchantement. Nous n'accomplissons rien qui ne soit au-delà de quelque chose et qui, n'ayant plus de lien à ce qu'il est lui-même, ne soit au large de tout. Ne jamais former en amour que des souhaits dont on rougisse.

Ils s'embrassent, ils se caressent selon leur goût et ne savent rien qui ne soit au-delà de quelque chose et qui, n'ayant plus de corps unis, ils fuient tout ce qu'ils sont, se perdent dans leur amour qui les ignore, les confond. Comme s'ils devenaient la proie de leurs regards, les amants entrent à des faits sans ombre et dont ils soient l'ombre, plus proches de la nuit que de ce qu'ils voient. « Tu es ce que je ne suis pas et rien, hors de ce que tu es ne subsiste. Où ne poserai-je pas mes lèvres ? Mon baiser idéalise ma bouche et ta chair m'a chassé de mes yeux. Quel temps est-ce donc ? La solitude se connaît en nous, il n'y a plus que ce que nous faisons pour nous voir. »

Détachés de tout, suspendus à ce qui nous attache, entrés vivants dans l'absurde pour lui faire échec. Tout ce qui est humain est gracié et nous sommes cette grâce quand notre être devient notre croix.

Est-ce moi, ce gros vulgaire qui rit de son bonheur et presque le bafoue, incapable de porter des joies données par l'amour. Il va sombrer dans une parodie grossière de son ascension ; et sa bienfaitrice n'aura qu'à le voir grotesquement vêtu d'un habit de sa femme et dansant comme un ivrogne pour le rejeter de sa route. Et l'air, tandis que ce gros jobard s'anime, se durcit comme s'il y brillait le reflet d'une larme.

Le son des cloches, les couleurs, la transparence de l'air, tout ce qu'elle personnifiait, afin que voir, écouter, vivre, ce fût l'attendre. Et tout le temps à venir, toute ma pensée d'homme employée à connaître que l'amour avant elle n'avait été que l'amour, ardeur de puiser en une femme une lumière capable de la consumer.

Un tel amour, dans les moindres inquiétudes engendre un déchirement cosmique. J'avais accepté le miracle. Mais les doutes venaient de mon amour même et n'étaient pas dirigés contre lui. Ils étaient la défiance de soi qui fait écho au pressentiment de l'absolu ; *la pitié de l'âme pour le corps.*

Il doit y avoir dans notre ascendance un gardien de trésor qui ne m'a légué que ses habitudes. Et même je crois que j'en ai fait une hantise. Il s'en est fallu de peu qu'aimanté par la solution la plus facile, je ne m'obstine à fourrer un être humain à la place du précieux dépôt, et que je ne prétende faire entrer tous les minuscules détails d'une existence féminine dans les étroites limites de ma vigilance, mais il veillait un bon esprit qui m'a appris à rire de tous ces soins.

Tais-toi ; ô langage éteint, asphyxiant. Dis : « L'homme est né gardien de trésor. Sotte fatalité : par un effet de sa vocation, il a voulu mettre sous clé ce qu'il aimait et le voilà devenu geôlier. Mais, un jour, il s'est avisé d'une autre méthode. Avec toutes les heures de sa vie, il a voulu faire de l'amour, il a cru que le temps allait brûler dans ses yeux... »

Oui, je voulais que le monde fût la splendeur de mes pressentiments. Tout ce que j'attends m'aurait attendu, la vie aurait été un aspect de mon âme. Dans ce fragile espoir, mon existence se poursuit dans la peur du moindre bruit. La toux de Blanche, dans le calme des nuits où j'écris, met en fuite une bête que mon calme intérieur tenait endormie.

Il faut que j'aie connu l'état dont j'ai la nostalgie. Et de cette nostalgie, je ne me pardonne pas de pouvoir me distraire. Claire comme une flamme, elle est le libre élan dans mon cœur d'une jeunesse disputée aux années.

Ou c'est le prétexte qu'il me faut pour pénétrer ma vie de ce que conçoit mon esprit.

Je veux que mon corps soit le salut de ma vie.

Je regarde avec émotion la nudité d'une femme : mon corps aussi, par sa blessure, me dis-je, est un berceau. Et dans ma chair, ma vie est née de ces plaies. Apparue jusqu'à ce soir avec la cohérence d'emprunt qu'elle trouvait dans des corps de femme, attendant de ma vigilance une forme où rien ne pourrait se glisser.

C'est le privilège des hommes quelquefois aimés que leur sincérité se méfie des paroles. Il leur semble que les mots appartiennent à l'imitation de l'amour.

En compagnie d'une jeune femme que j'appelle *Reine* je gagne un cirque de terre rouge que je ne savais pas si proche de mon logis. Non pas côte à côte, mais en même temps, nous escaladons une falaise effritée. Soudain, elle glisse, mais sans courir un danger réel. Moi, je m'éloigne d'elle par amour comme si je voulais parcourir tout l'horizon qui nous réunit. Ainsi, les yeux clos, respire-t-on, quitte à l'oublier elle-même, l'instant que nous livre une amie. Mais je m'avise qu'éloigné sur le pourtour du cirque argileux, je ne peux le rejoindre que par un profil branlant, peu fait pour mon poids écrasant. Il ne m'est pas moins impossible, sur la corniche où je suis aventuré, de fuir son regard. Sous ce haut ciel éclatant, elle a les grands yeux bleus de la Blanche-par-amour, ce ne sont pas les yeux que je lui vois dans l'ombre qui mêle, d'ordinaire, nos chuchotements.

Le ciel était bleu sur les chaumes, à Marseillens où j'ai vécu tous les étés de mon enfance. Cet ancien prieuré était devenu une honnête maison de campagne à tour carrée, enveloppée par une végétation sauvage. Des arbres entrelacés, des buissons impénétrables, mais des clairières où poussent des lis, et çà et là des lilas qui fleurissent en septembre.

Tous les voisins haïssaient le petit salaud que l'on voyait sous les pins, un Lamartine entre les doigts, une carabine à son côté : il tuait les chats, les paysans empêchaient leurs chiens de s'approcher de lui, on racontait qu'il avait tiré sur sa sœur.

J'aimais l'herbe couleur de muraille, l'odeur de la pierre ensoleillée. Je froissais les lis, surpris d'abord qu'on pût les toucher, étonné enfin qu'ils ne fussent plus entre mes mains qu'une blancheur et un parfum. Je n'étais pas l'ami de mes yeux, mais j'avais baptisé tous les endroits dont j'aimais l'odeur, le monde perdu, le champ de l'urne. Cette campagne a échappé à ma famille. J'y suis revenu en auto. Sur la terrasse mouillée par une pluie d'été une fillette était assise, un livre ouvert sur les genoux. Une auto était rangée sous les platanes à l'endroit où mon père jadis arrêtait la sienne. Vers le parc marchait un petit salaud, une carabine au poing.

Sur un tronc de peuplier, j'avais trouvé un très lourd scarabée au ventre métallique. Le prenant pour un bijou et persuadé que ma mère l'avait perdu : « Je ne savais pas, me suis-je dit, en le posant dans ma main ouverte, qu'elle se promenait sans moi dans cet endroit de la prairie où je m'aventure pour la première fois. » Après, je l'ai porté au soleil pour le voir briller. J'ai entendu le bruit de ses ailes et il a disparu sans que je le voie s'envoler.

Je racontai cela. Tout le monde a su de quel coléoptère je donnais la description. Jamais, cependant, même sous des vitrines, je n'ai revu le pareil. Il est vrai que j'étais fort jeune, et personne n'accorde une très grande confiance au témoignage des enfants.

Nous ne sommes séparés du monde que parce que nous le sommes de nous-mêmes ; une blessure n'est que cette séparation, et c'est parce que nous sommes blessés que nous ne pouvons aimer qu'en blessant.

En vous montrant mon cœur, j'avouerai ce

que je suis et toute une honte où vous vous reconnaîtriez. J'ai voulu que le don d'aimer me fasse une famille dans le sexe qui n'est pas le mien et approcher de moi de jolies filles, aimables et douces, ouvertes à mon idée de l'amour. Le plaisir d'accomplir ce souhait ne serait pas si grand s'il ne me libérait pas d'une horrible servitude, celle d'aimer un individu unique et de me vouloir tout à lui. J'ai connu en effet, la joie de choisir une femme et de l'aimer profondément, de vénérer en elle mes yeux qui l'avaient choisie, mon corps dont elle était le bonheur. Et comme mon imagination même s'inspirait de cette passion sans s'épuiser, elle flottait au-dessus d'elle et donnait un sens étrange à la solitude qu'elle m'aidait à fermer sur moi. Je la voulais pour femme à force de rêver qu'elle était ma sœur. L'amour unique est une forme aiguë du caprice incestueux... Et aujourd'hui, je comprends qu'il n'y avait pas d'orgueil, mais le plus légitime instinct de libération dans cette parole que j'avais écrite : l'homme veut oublier qu'il a été conçu.

Une femme parle :

« Il dit des choses singulières, et sans trop les comprendre, je les retiens à cause du feu qu'elles ont mis dans ses yeux. Il dit que la vie est le salut d'un esprit. Sa parole est la chair d'un autre regard qui ne vient pas de ses yeux.

« Il me donne un nom qui remplit sa voix de tristesse, mais on dirait qu'il n'a pas de meilleure façon d'être heureux. Hier, il me disait avec douceur : "Tu est celle que tu caches." Je ne le comprends un peu qu'au moment où je ne le vois plus. »

DEUXIÈME PARTIE

Le bourdon du noir

I

QUAND je suis parti pour l'Angleterre, mes parents m'ont accompagné jusqu'au Havre. À la terrasse d'un café où nous étions assis tous les trois un musicien ambulant grattait une mandoline. Il se dandinait et remuait les lèvres, mais il ne chantait ni ne jouait et seul, je me trouvais assez près de lui pour m'en apercevoir. Des voitures roulant sur la chaussée il s'élevait une espèce de mélodie triste que les consommateurs écoutaient, la tête un peu penchée, absorbés comme si ce qu'ils entendaient les avait fait rêver de ce qu'ils voyaient. Le musicien m'avait remarqué, il me sourit avant de s'éloigner. Lui qui de table en table tendait la main, il refusa d'un hochement de tête l'argent que je lui montrais de loin, et, avant de disparaître dans les embarras du carrefour, brandit vers moi son instrument comme s'il me l'avait offert, ou qu'il m'eût défié de le lui prendre.

Mon père monta avec moi sur le bateau qui levait l'ancre à minuit. Le waiter à qui il demandait si la mer était belle lui répondit avec un fort accent anglais : « Comme elle l'est dans les tempêtes. »

Nous entrâmes à l'aube dans la baie de Portsmouth. Des jeunes filles m'attendaient sur le quai. Pendant qu'un cab emportait mon bagage, je m'acheminai en leur compagnie vers le faubourg où j'allais séjourner. Sous les branches basses d'un parc, nous marchâmes longtemps sur un tapis de mousse. On n'entendait que nos voix. Je ne sentais pas ma fatigue et ne savais plus si nous étions dans la lumière du matin ou dans la lumière du soir. Enfin nous nous tûmes ensemble, nous avancions dans une transparence embaumée qui me pénétrait de bonheur. Je n'aurais rien éprouvé de différent si les hauts ombrages fermés sur nous avaient pris leur vie dans notre souffle. Dans un bassin enfoncé sous une grotte rocheuse je crus reconnaître une eau qui m'était apparue en rêve peuplée de poissons d'or. Il me sembla que je découvrais une retraite au fond de mon silence et l'enchantement d'y entrer seul avec mes regards. Je demandai à mes nouvelles amies comme on nommait dans leur langue les cyprins que nous regardions : *Golden fisches,* me fut-il répondu.

La villa que j'ai habitée à Southampton se dresse au large d'un terrain boisé que toute la ville sépare de la mer. Pour s'y rendre il faut quitter le tram peu de stations avant le point terminus et parcourir assez longuement une route bordée de terrains à bâtir. Seul dans le car, presque toujours avec le wattman je m'étonnais qu'il eût à continuer son service vers un lieu où n'allait personne, ou que personne ne quittait. Cet endroit singulier m'intéressait sans m'attirer. Sur la pancarte lumineuse du véhicule, j'avais lu son nom *Holy rood* et ne comprenant alors que l'adjectif, me résignai bizarrement à ignorer le sens de toute la locution qui m'est à peine apparu, la semaine dernière, comme je lisais *Richard III.* La nuit, rentrant à pied longtemps après le dernier car, je n'enfilais pas le chemin vicinal sans murmurer, en guise d'adieu à l'avenue que chaque matin je me promettais en vain d'explorer, ce nom mystérieux qui l'avait rendue inviolable à force de résonner profondément en moi. *Holy rood*: Sainte Croix.

Haute et fine, mais ventrue, mon hôtesse, Mrs. Johanipper, portait de nombreuses verrues dans son visage enflammé et farineux, et toujours un petit rire en trompette sur sa bouche serrée comme un liseron. Chaque matin se levait sur elle un peu plus tôt, un peu plus ensoleillé, la lumière d'été qui allait l'éloigner de moi pour toujours. Elle me blâmait amicalement de n'entrer chez elle que pour manger et dormir, mais disposait fidèlement mon souper froid sur une table, à la clarté d'une lampe rose que l'on voyait de partout, derrière un bow-window, et qui jamais ne fut éteinte avant l'aube tout le temps que dura mon séjour.

« Voilà que vous allez retourner en France », me dit-elle un jour. « Oh ! Joe, ce sera une bien grande tristesse pour les hiboux et les chauves-souris de Highfield Crescent... ! » Puis, me querellant gentiment sur mes absences elle me déclara en riant que, dans les villas voisines, il y avait beaucoup de jeunes filles à aimer et que je quitterais l'Angleterre sans les avoir rencontrées.

Quelquefois, j'entre en rêve dans la ville anglaise que j'ai incomplètement explorée. Un sentier m'apparaît, je le suis, attiré par des maisons que je vois pour la première fois, mais qui me font le cœur plus léger comme si je les avais reconnues. L'herbe pousse entre les pavés d'une rue étrangère mais accueillante. Je pourrais décrire, en ne parlant que de moi, les endroits qu'elle me cache. Au réveil le songe s'efface à moitié, mais sa tendresse subsiste, ma vie ne se poursuit qu'au prix d'un effort comme si je ne m'y sentais pas chez moi ; et il me semble que je porte dans mon cœur le poids de mon rêve endormi. Je parle alors, je raconte l'histoire du musicien sans voix, de mon séjour en Angleterre. Il est certain que je forme des paroles avec les visions dont le silence est la vie.

Que ce que j'écrirai, peu à peu, prenne le ton des rêves qui nous éveillent.

On ne lit bien que ce qui a été conçu les yeux fermés.

Une pensée n'est vérité que si j'ai réussi à m'halluciner avec elle.

Un oiseau, dans le ciel. À mon ombre ses plumes prennent la couleur du feu. Au-dessous de lui, la ville en ruine est hérissée de verres brisés et de lames d'acier. L'oiseau, qui ne peut se poser, chante, et monte vers le soleil, il fuit son ombre.

Ce qui est capable de nous faire oublier ce que nous sommes n'est vraiment nulle part. Ce qui ne peut pas être ma pensée semble l'image et presque la promesse de mon être.

Au fond du parc, sous une herbe couleur de muraille, une source alimente cette nappe mobile. Je fais abattre un remblai et regarde l'eau se diriger sous les arbres, aussi libre que le vent, dans sa transparence aussi immobile que le ciel ; l'onde est un miroir avec des paupières, pour avoir senti cette ressemblance, je suis un instant de sa liberté.

Le houx-rainette se charge, au crépuscule, de lourdes baies rouges qui grossissent dans les sous-bois et prennent dans l'ombre la taille d'une pomme, mais gardent les couleurs des feuilles dans les hauteurs qui ne les font jamais trop grandes pour le bec des oiseaux. C'est la plante des reines.

Mes doigts jouent avec des perles d'eau, si

douces au toucher que je m'éveille pour grimacer, tant je souffre d'un picotement épidermique que métamorphosait le songe. Il serait peut-être très douloureux de dormir si on ne dormait pas.

Les raisins blancs que l'on m'offrait en rêve n'avaient pas l'exquise saveur de cette grappe de muscat noir que je regardais sur une assiette ornée de rébus.

Un peu avant j'avais senti sur ma poitrine le poids d'une énorme chèvre blanche. À la place de l'animal s'édifiait, puis roulait sur le sol parmi des aiguilles de pin, une pyramide de baies rouges, grosses comme des olives.

II

DIX ans pour se connaître, dix ans pour se tromper, vingt ans de dépit et vous rencontrez enfin un homme qui vous éclaire. Il vous a dit : « On n'apprend la vérité à des hommes qu'en la leur cachant à moitié. »

La vie est plus grande dans le cœur de l'homme que dans son instinct de conservation. Un jour, le passant voit l'être des choses déborder leur aspect. C'est tout. L'ordonnance des faits, si elle continue à satisfaire sa raison, c'est pour la tenir en éveil et lui confirmer la réalité d'un événement qui parle au pressentiment en même temps qu'à la pensée, et fait retentir dans la conscience de l'homme l'abîme spirituel dont il voit qu'il est, avec ce qu'il contemple la profondeur et la vérité.

Je me ferai une vie dont la poésie soit le reflet et non la lumière.

Ce qui nous est connu à l'échelle du temps devient l'inconnu même aussitôt que notre âme ou notre cœur nous interroge sur lui...

L'idée du bonheur est, dans un être, le pressentiment de sa totalité. Je voudrais habiter ma vie comme si j'étais le géant pour qui cette vie ne durerait qu'un instant.

Le bonheur de vivre est la faculté de s'agrandir, d'être la richesse de plusieurs.

Puissent ceux que nous admirons nous aimer par une tendance naturelle de leur instinct de conservation.

Je voudrais entrer tout entier dans la personne d'un autre sans l'empêcher d'être lui.

L'élévation morale, fondement du progrès artistique.

Rachat des sens.

Me détacher, disais-je, sans m'appauvrir.

Faites que les êtres soient des images de la vie et non des images de ma pensée.

Je veux que la réalité devienne la vie subjective de mon amour.

On dirait que le jour est la source et la conscience l'image de ma conscience.

Il n'est pas si difficile qu'on le croit de supporter une infirmité. La déchéance à accepter ne tient pas plus de place qu'une pensée. Elle ne change pas notre vie, mais l'usage que nous en ferions, le parti que notre raison nous aurait conseillé d'en tirer.

Or la vie a déjà possession de nous quand nous prenons conscience d'elle. Avant de nous l'approprier nous lui appartenons.

Un malade subit l'effet de ces vérités avant de savoir les traduire. Je ne les croyais pas si simples. Il me semblait que l'habitude avait attendri mes souffrances.

Il m'arrive de faiblir. Un homme ne connaît plus la pureté d'une eau où il voit son image boire avec lui. Ses yeux approchent d'autres lèvres du miroir liquide où il va se désaltérer.

Son reflet devient l'image de la soif.

Les trois miroirs

Une main vient d'entrebâiller mes volets. Passe un long soleil d'hiver qui dévêt les lampes et revêt de ses couleurs une peinture ancienne. Je connaissais mal ce tableau où je vois, rouges et vertes, des robes en éventail et de blanches figures féminines, dans une haute pièce obscurcie qu'un cadre sculpté détache de ses parois et suspend à l'ombre. On dirait que cet intérieur m'apparaît dans un miroir un peu incliné.

La chambre est meublée et drapée comme l'endroit silencieux et retiré que j'habite. Des élégantes s'accoutrent pour le bal : l'une, habillée d'une pluie de dentelle et de feuillage, semble venue par la fenêtre que dissimule un rideau bleu ; et l'autre, qui me tourne le dos, a dû entrer par la cheminée que sa robe cramoisie me cache.

Attirées par un miroir que je ne vois pas, les deux femmes contemplent leurs beaux yeux et disparaissent presque dans le reflet qui, dressé comme un petit cheval fougueux, n'emplit qu'à moitié la pièce.

À elles deux, elles ne montrent qu'un visage, mais leurs regards animés font toute la clarté où je les surprends ; s'exténuant à quelques pas d'elles, à peine si la poudroyante lumière découpe un cadre vieil or sur le seul mur apparent de cette pièce sans plafond. Cet ornement n'est pas une peinture, bien que son inclinaison y soulève des taches rouges et vertes. Il figure une haute et secrète glace rectangulaire dont le tableau que j'ai devant moi reproduit, avec son cadre ensoleillé, le fidèle agrandissement. On dirait que ce tableau d'un maître oublié a découvert et recueilli comme un miroir dans sa surface peinte l'image minuscule qu'il est dans mes yeux.

III

POUR se faire francs en propos, les hommes ont ajouté à leurs discours ceux qu'ils s'adressaient à voix basse. Il nous ont avoué tout ce qu'ils savaient d'eux. La vérité n'y a pas beaucoup gagné, l'existence de l'homme était continuellement fortifiée par la faculté qu'il a de se tromper lui-même. La pensée de l'homme n'est pas le produit mais le complément de son être, dans le présent comme dans le passé, elle draine des apparences, et, grâce au langage, anticipe sur celui que nous serons.

La parole anticipe sur l'avenir : au nom de notre vie, ou au nom de notre personne. Il est absurde de nous interroger par son intermédiaire quand elle est pleine d'une perfection à nous refusée et inaugure un monde dont nous ne sommes que le regret ou l'espoir.

Si le cœur bat plus haut quand ce qu'il ne voit pas change en image ce qu'il voit, qu'il s'émeuve d'un objet devenu la flamme de l'objet inattendu qui rayonnait à travers lui, c'est qu'il vient, un instant, de prendre sa vie dans nos lèvres, et d'inventer la parole avec nos yeux qui, à celles-ci, donnent des ailes ; et cette joie lui offrait et lui cachait la vérité toute proche qui ne serait autre que l'indépendance du langage ; et son éloignement de nous quand le mot est aussi le ciel dont il est l'étoile filante.

Un mot, le plus doux de tous, et qu'il n'y a qu'à proférer pour que la parole ait sa source au large de la voix. Ce mot, que toute vision prolonge, c'est l'appel : mes frères.

L'homme sait qu'il existe ; il se conçoit comme la source de son existence mais aussi comme son lieu. Il dit : Je suis, le monde est, et ce n'est pas le même verbe, parce qu'il pense, je suis je, le monde est le monde. Pourquoi escamoter le contenu du verbe le plus riche de tous ? Si vous dites : la maison brûle, la forêt brûle, vous ne voyez que le feu dans sa nature illimitée, même si vous dites une allumette brûle, elle qui mettrait le feu à la forêt. Et vous croyez que si l'homme existait seul le monde n'existerait pas ?

L'homme qui conçoit son existence la voit comme un point, il croit être une parcelle du tout et non sa lueur. Quelle absurdité !

L'instant est plus grand que le jour, qui est plus grand que l'année ; la vie d'un homme, seule, est indivisible et plus insaisissable que l'instant dont elle forme le contenu.

L'air est traversé d'insectes invisibles. Ils font

tressaillir en moi une blessure en touchant ma chair avec leurs ailes. Ce sont les bruits de la nuit.

Quand au seuil du lendemain, je me recueille et tremble, que nous ne sommes, mon corps et moi, qu'une boue, quand la grâce de vivre est comme un mur devant mon corps brisé, je m'assure que rien de ce qui donne des ailes au sens ne peut commencer en mon corps, qu'il ne commence donc pas en moi, que toute existence dont je vais témoigner commence en elle-même et s'élève sur ce qu'elle a de plus pur. *La vie est son propre nom, mais seulement son spectre dans ma pensée, mais vraiment présente dans ma douleur et mon amour, qui sait?*

Nos conclusions nous sont déjà connues. La conscience de l'homme doit former la balance morale de tout ce dont il a le sentiment. Pour former la conscience collective de l'humanité, il n'a pas à se quitter.

Au contraire, c'est dans la conscience de lui-même qu'il se quitte.

La conscience de soi fraude l'existence.

Exister, c'est pour la pensée d'un homme être à très faible degré tout ce qui peut être.

Nourri de pain, de fruits, non pour ce qu'ils contiennent, mais pour ce qu'ils figurent.

Le fruit te nourrit parce que tu n'es qu'un avec l'arbre qui l'a porté.

L'homme n'est pas un point dans l'existence de tout. Il est l'existence de tout en un point.

Ne t'adresse pas à Dieu tant que tu ne sais pas entrer tout entier dans tes paroles.

Dieu est le Verbe quand le Verbe est tout l'homme. La vie est l'exil de l'être.

Fais ta vie à l'image de ce que tu portes en toi de meilleur. Si elle t'impose une loi que tu n'as pas conçue, ne te sépare pas d'elle sous ce prétexte. Vous êtes, elle et toi, le produit de la même volonté. Regarde-la et nourris ton imagination de ce que ton cœur n'en peut accepter. Ne gémis pas sur tes vices. Personnifie-les pour qu'il y ait de la dignité à les vaincre.

Souviens-toi qu'un homme est l'avènement intérieur de l'être. À tout ce qui te manque donne à porter le peu que tu es.

Traduis les faits de façon qu'ils te définissent au lieu de recevoir de toi leur définition. Les événements ne sont rien si nous n'y sommes tout.

IV

QUERELLEUR, brutal, il se connaissait bien : on ne saurait imaginer tout ce qu'il se forçait à devenir pour échapper à son personnage. Il aurait inventé des façons de voler, d'étrangler afin de ne pas rester l'homme de ses mains fines.

À mesure que l'on se sent moins sûr de soi, il n'est rien que l'on ne devienne un peu. Tu es ce que tu soupèses : le poids qui lui manque pour que son ombre enterre sa pesanteur.

Dans ma petite enfance on m'appelait l'Homme-Chien ; ma cruauté m'avait acquis ce sobriquet. Je détruisais les poupées de ma sœur ou bien les découpais, je mordais les filles. Leur chair serrée dans l'étau de mes dents, de toutes mes forces je secouais la tête à l'imitation des dogues qui étranglent un rat. Les hurlements de la victime rassemblaient un parterre de mères vociférantes et essoufflées. Après, cette basse-cour reculait en ordre et non sans murmures comme l'eau de la mer, tandis qu'intervenait le cocher qui, sur l'ordre de mon père, me fourrait au lit. En passant devant les glaces, je regardais avec orgueil ma face livide et mes lèvres tachées quelquefois de sang. Les menaces que j'avais proférées ne me laissaient aucun souvenir. Roulé en boule et le drap serré sur ma tête, j'imaginais, en entendant au loin le jardin, une femme aux cheveux dorés qui m'ouvrait son manteau bleu pâle.

C'est de ne pas suivre sa pente qui importe le plus. Notre être est le fruit d'un combat, il tire sa grandeur d'une victoire qui étend notre domination sur des terres invisibles dont s'agrandit notre empire. Un homme qui naîtrait bon périrait de s'abandonner à sa bonté. Car l'homme naît étranger à soi et de toutes parts pressé, engagé à goûter en lui-même le fruit d'une existence à laquelle il doit accéder. Il doit s'élever, monter sur les hauteurs du haut desquelles la vie de ses sens lui apparaisse comme un horizon.

Il y a dans l'esprit de l'homme une profondeur que nulle représentation humaine ne saurait combler. Si l'homme était une créature limitée, la vision d'un souverain l'exalterait d'autant plus qu'il lui paraîtrait, dans sa grandeur, plus semblable à lui par les misères auxquelles tout homme est soumis. Non. Le passant, absorbé par la vue d'un roi, n'est pas tellement conquis qu'il ne demeure libre de rire aux éclats en le voyant tomber dans les accidents communs à tous les hommes.

J'ai fui celui que j'étais dans les fautes d'un homme meilleur. Je me suis guéri de ma légèreté en apprenant la tristesse du mauvais prêtre.

Longtemps j'ai cru que mes soins d'écrivain rachetaient le sot que j'avais été, que, par délassement, je m'autorisais exceptionnellement à redevenir. Si attentif que l'on devienne, on ne l'est jamais sans faute et c'est cette faute que j'ai voulu ressaisir et intégrer à mes progrès.

Je travaillais, par intermittence, rachetant par mon .application les heures d'étourderie. Mon travail fut le rachat du niais que je restais au fond, j'ai accepté de ne pas l'accomplir sans y compromettre mon langage, sans me le donner à racheter.

Je ne sais pas à qui je voue ma vie, mais je sais à qui je n'en veux pas laisser une parcelle aux mains. Je m'interdis d'appartenir, même en rêve, à celui que l'événement a chassé de moi. C'est ma façon, déjà de prier. J'ai moins de lien à ma naissance qu'avec mes peines, je n'étais né que pour les subir, elles doivent s'emparer de ma volonté après s'être emparées de moi...

J'ai réclamé le droit d'être pauvre. Qui ai-je connu de plus dénué que moi ?

Dénuement. Tout ce que je possède me prend un peu de moi.

C'est tout le plus vain qui garde le plus d'empire sur nous.

V

Je ne me plaindrai pas d'avoir perdu une partie de ma vie quand ma vie est le fardeau de l'amour que je lui porte. Mon bonheur est étranger à ses accidents, et il s'est servi d'eux pour entrer dans mon cœur. Je ne subis pas cette épreuve qui, sans moi, ne serait rien, je suis cette épreuve, je l'ai fortifiée avec ma faiblesse d'homme.

Ma vie s'est-elle dépouillée sans s'appauvrir ? J'ai voulu absorber le temps afin de n'en rien laisser à celui que l'on peut être par hasard.

Au fond de la chambre, dans l'ombre que les clartés électriques ne parviennent pas à pénétrer une grande glace est dressée. Dans les profondeurs de cette face miroitante je vois les meubles et les bouquets de la pièce voisine où la Blanche-par-amour va et vient en se déshabillant. Une grande clarté vivante et toute en regards, détachée du bruit et comme promenée par l'ombre qu'elle éclaire. Plus belle d'être vue à travers ce silence, avec un visage qui n'est plus gardé par ses yeux... Une sorte de hauteur nous rapproche.

Partout où elle m'apparaît, la lumière est mon œuvre, non ma source.

Prouvant par ses écrits qu'il n'est de nulle part, c'est le meilleur moyen et le moins éprouvé de mettre au monde le lieu qui l'a formé.

Si affaibli d'année en année qu'il ne faut déjà plus que la force d'une ombre pour le pousser sur sa route.

Il écoute la Souterraine lire pour elle seule l'œuvre de Milo de Sivezac, et revit l'odyssée de ce commentateur empêché par le démon de donner une conclusion lisible à ses écrits. Pour tromper le tentateur, il entrera à son tour dans une statue de lapis-lazuli, enfermé dans ce bloc précieux avant que celui-ci n'acquière sa forme définitive et perde les cornes minuscules qui lui donnent une si frappante ressemblance avec Moïse. Incorporé à la statue il dictera son message au démon, sûr que rien ne saurait s'accomplir si des ruses ne contraignaient le diable à y mettre les deux mains.

Nous étions attablés dans le clocher, sourds au carillon que nous n'avions pas entendu commencer. Il fallut pour nous alarmer l'inquiétude des chiens qui refusaient toute nourriture. Le premier qui leva la tête vit à la place du battant les guerriers en armes dont les cuirasses menaient contre l'airain le bruit sinistre des heures passées hors du temps qui a sonné nos actions.

VI

LA guerre demain. Frayeur désolée. Peur de revoir sous des traits inconnus la catastrophe d'où je suis revenu brisé.

Je n'ai plus supporté le chant nocturne des eaux quand il a cessé d'être la voix d'un monde heureux. Même le vent, ce soir, ne parle qu'aux arbres gémissants que de sa force. Ce qui respire veut imposer son existence et non pas sa pensée, se conformer à la vie de ce qui ne respire pas.

J'avais fondé mon bien-être moral sur la conviction qu'il était le gage du bonheur que je voyais autour de moi. Ces sentiments étaient inconnus de tous, et même de moi qui y puisais ma vie. À mon insu, dans les joies que je ne partageais pas, je goûtais une sensation exaltante, celle que mon sang les avait acquises, j'étais la part de conscience et le consentement personnifié de quelque chose qui était le don de la vie. C'étaient des joies que je pouvais éprouver sans les partager. Jouissance qui n'aurait pas été si forte si elle n'avait pas épuisé l'expérience de la liberté.

La grandeur de ces faits n'est pas ce qui m'a passionné pour eux, elle n'est intervenue que pour m'arracher à la commune mesure, et me révéler des sensations qu'on n'a si vives que dans l'amour et lorsqu'on ne sait plus lequel on est, de celui que l'on supprime ou de celui qu'on lui substitue. Le retour de ce qui m'a rendu misérable m'a éclairé et désespéré. Et la mort, ainsi, j'en suis sûr, *par l'union de ce qu'elle termine et de ce qu'elle inaugure, doit donner magnifiquement à l'être le contrôle de ce qu'il n'est plus.*

Des trous dans ma conscience, je ne sens même pas que je reviens à moi, il me semble que pour dire j'étais, je devrais cesser de dire : je suis.

Je ne sais pas d'où la guerre est sortie. Les hommes à qui elle a été imposée n'en connaissent pas davantage l'origine. Est-ce la guerre, ou la génération de la guerre qui est le malheur de ce temps ? Nous sommes nés marqués de ce signe atroce. Le conflit ne pouvait qu'éclater puisque nous voilà tous, ses victimes. La guerre est une partie de nous-mêmes. Elle est ce qui nous manquait tant qu'elle n'était que notre épouvante. Ah ! nous qui étions nés pour avoir la peur de ce que nous sommes, ajoutons-nous le drame qui, sans nous, serait resté une chimère. Nous l'appelons la guerre pour nous persuader qu'il pouvait être évité : un de ces drames que l'on nomme dans un monde et conçoit dans un autre. La pensée et le nom, c'est-à-dire la peur de la guerre et la guerre ne se rencontrent jamais.

VII

Tu avais trop présumé de l'avenir et de la chance. Le temps qui devait t'apporter le bonheur est mort en route, et tu retombes au pouvoir des ombres qui te suivaient. Mais un secours inespéré te survient, avec tes forces dont tu n'avais rien présumé. Diras-tu que tout est perdu parce qu'il ne te reste que toi pour te sauver toi-même ?... Un fait est sorti du rang, tu trembles comme si tu te sentais moins vivant que lui, *on dirait que toute ton existence a pris la forme d'un événement pour te juger.* Manqueras-tu cette occasion de créer ta vie au lieu de la recevoir ? Tu souffriras de ta victoire, tu te traîneras le long des jours manqués par ton sursaut d'orgueil. Mais qu'est-ce que tu es, sinon ce que tu quittes, et ta souffrance ne tombe-t-elle pas derrière toi ?

Toutes les femmes qui se regardent vivre ont quitté le chef-lieu. Toutes celles qui se prennent un peu pour la lune ont apporté leur épiderme au soleil des hauteurs ou des plages. Je bois le lait brûlant et doré de l'été. Au fond de ma chambre où règne, avec le silence, une fraîcheur bleue, je me cache dans les veines du mois le plus chaud de l'année.

Chaque jour ramène le beau temps de la veille. On reconnaît dans la rue les filles vraiment aimées. Leurs amants ne leur ont pas permis de crotter leur teint dans le sable et le sel. Ce sont les blanches-par-amour.

La lumière du jour rasait le sol. L'odeur humide des noyers passait dans l'air couleur d'orage et de marais. Les routes étaient pleines d'ombre. On n'entendait pas d'ici le bruit de la guerre, mais les femmes s'habillaient comme des demi-soldes et portaient des canons à la boutonnière.

Elles se fardent pour imprimer sur le front de leurs amants la forme de leur cœur. Elles ont rougi leur bouche, il faut recevoir leur baiser sur les lèvres pour le rendre invisible.

L'attente d'un fait est la beauté même parce que nous y sommes tout. Nous devenons l'espoir des mots qui nous promettent. Que le fait nous atteigne et il nous déçoit comme s'il ne se produisait pas pour nous ; il nous emploie au lieu de nous enchanter.

Tout ce qui m'entoure l'attend avec moi, mais elle n'entrera que pour me séparer de ce qui m'entoure. Elle m'aurait conquis si mes paroles avaient restitué aux objets ce que sa présence leur ôtait, si j'avais su poser un nom sur chaque chose ; et tirer de celle-ci une réponse aux accents qui timbraient la voix bien-aimée.

Nue, elle devient réelle, inoubliable, comme le jour. Elle ne rit plus, étendue sur ton lit elle est l'eau dormante de son rire. À sa prière, tu as éteint toutes les lampes, et le visage penché sur ses genoux, tu as distingué les dessins du tapis, puis ses cuisses, il y avait dans les ténèbres une nuit moins épaisse que dans tes yeux. Elle était si présente que tu n'avais pas besoin de la lumière pour la voir.

VIII

DEPUIS que je tousse, elle a fait transporter dans ma chambre un lit d'enfant où elle dort. Elle a de grands yeux bleus, mais l'ombre en efface l'azur et ouvre deux immenses fleurs noires dans ses prunelles. Elle aime me faire parler, mais souvent me raconte des histoires et toute la nuit, va et vient, après avoir passé une jupe sur sa chemise de voile. Elle a des yeux clairs d'ange pour me soigner, des yeux de sorcière pour m'entendre.

Quand j'aperçois dans le miroir le corps de Blanche-par-amour, il me semble que mon ombre la suit. Émotion de découvrir mon être où il n'est pas, de l'effacer où je suis.

Elle est née à l'étranger, dans un lieu froid et sans odeur, mais lumineux comme les sources. Ses regards passent sur moi, s'arrêtent un peu plus loin. Elle dit qu'elle voudrait m'emmener dans un pays sans mémoire.

Elle est très jolie, brune, blanche ; mais elle a bien son âge et c'est triste parce qu'elle est très jeune. On s'aperçoit que le temps n'a pas eu à la toucher pour s'emparer d'elle. Son visage a la fraîcheur de la jeunesse, mais ses paupières sont cerclées d'ombre.

« Il n'est qu'une façon, disait-il, de voir les choses comme elles sont, c'est de négliger ce qu'on en sait, ou d'oublier, devant elles, ce que l'on est... »

— ...Tantôt il appelle la Souterraine et tantôt la Blanche-par-amour, une jeune infirmière qui le soigne avec le plus grand dévouement.

— Regarder les choses en oubliant ce qu'on en sait, c'est apprendre d'elles qu'elles nous oublieront. La beauté de leurs formes nous a traversés sans nous voir.

IX

Le trésor de la Croix-Rouge ayant été mal gardé on a enfermé la trésorière. La justice est satisfaite. Nous ne sentirons plus le malaise que nous aurait procuré l'impunité de l'insouciante. L'homme a soif de justice. C'est sous cette forme qu'il conçoit Dieu et le presse d'exister. Au point qu'il n'est peut-être de vraie douleur qu'intérieurement envenimée par un sentiment d'iniquité, et si nous pouvions consentir à l'injustice, nous ne pleurerions plus.

On ne pleure bien que ce qu'on méritait de conserver. Mais alors, on ne pleure rien, car où sont nos mérites ? Je crois qu'ils sont dans l'amour de la justice que notre existence même bafoue. À ne considérer que notre misère, nous sommes l'injustice incarnée, mais notre conscience nous connaît à peine, elle a le sens d'un absolu de justice, et nous sommes forcés de nous connaître tels que nous sommes. C'est au nom d'un idéal dont notre personne est l'ennemie que nous nous affligeons. Nous ne saurions pas pleurer si nous n'entrions dans notre cœur où la justice qui est Dieu est la balance de la vie.

Mais si l'homme est dans sa laideur pressentiment déchirant de la justice, l'artiste est trois fois plus homme que lui, mais peut-être n'est-il artiste que s'il l'ignore... Il faut ne pas savoir ce que l'on est pour l'être avec grandeur.

Les justes souffrent : la force fait la loi.

Mais la force ne se contente pas de sa victoire, elle voudrait accaparer les dernières pensées des bons qu'elle fusille. Après avoir essayé d'étrangler la liberté, elle se met en peine de la séduire.

La force veut nous convaincre qu'elle est le bien, c'est sa faiblesse et la preuve de sa mauvaise conscience. Elle mesure en elle-même la grandeur de son ennemi, parle à celui-ci, c'est-à-dire lui ment et se ment à elle-même.

Elle singe les justes. Les murs se couvrent d'affiches. On ne savait pas la force si peu sûre d'elle. Autrefois, elle ignorait le bien, elle aurait pu faire douter de lui. Elle veut être le bien, la voilà perdue.

Le bien ignorait le mal et il serait mort de cette ignorance, mais il a son salut dans le trouble du mal qui ne peut l'ignorer.

Le mal aurait-il jamais été la force s'il avait ignoré le bien ? Il est l'énormité du bien qu'il refuse. Il en mourra.

Le sang coule, et ce pays flambe comme s'il voulait toucher le sommet du jour. On dirait que tout ce qui est fait de terre a trouvé du ciel dans ses artères.

La vie est un cadeau dont nous sommes tout le poids. Dans le bonheur de te donner, c'est toi qui es le bonheur.

Fais attention ! Quelqu'un te suit en recommençant tes gestes. Et cet être n'est pas ton ombre. Ton ombre te le cachait. Il se jette sur toi quand tu te jettes sur ta vie. Il saisit ce que tu veux saisir ; toujours prêt à prendre tout ce que tu peux donner. Il est attaché à ta vie comme ton ombre est attachée à tes pas... Ne le baptise pas : il portera ton nom quand ton nom ne te portera plus. Je ne me jette pas sur ma vie sans qu'il me devance. Car c'est en moi qu'il l'atteint. Il la saisit quand je crois la saisir.

Ma chambre donne sur le bois par une porte-fenêtre sans rideaux. S'il s'ouvrait des yeux dans l'épaisse nuit de guerre, ils ne verraient que ma lampe avec le reflet des étoiles dans l'eau du bassin. Hier, avant de m'endormir, j'ai entendu un pas lourd et lent dans les feuilles mortes de l'hiver passé, un pas d'homme. Après, très proche, un miaulement d'oiseau où le souffle était perceptible, j'imaginais les yeux arrondis d'un chat-huant dans l'immobilité de cet oiseau attentif.

La lampe éteinte, étendu dans le noir, puis dans le sommeil qui me fermait les yeux sans me désorienter. Comme il m'arrive quelquefois, le songe était entré dans ma chambre au lieu de m'arracher à elle, envahissant le décor familier comme une fumée, alourdissant et enténébrant la nuit où mon corps se soulevait sur des obscurités peuplées de menaces. Je ne me demandais pas si je dormais, je ne savais plus ce qu'était le sommeil. Et je m'employais à me soutenir dans ces eaux immobiles dont le poids menaçait de me renverser et de me fouler comme la nuit claire du parc où des pas semblaient s'accumuler. Toujours étendu au même endroit, je sentais le lieu que j'y occupais s'enfoncer sous la terre et délivrer d'étranges passants qui foulaient sous leurs talons les vestiges de ma vie comme les sinistres déblayeurs qui tiennent sous leurs semelles tous les étages d'une maison écrasée. On allait, on venait, on allumait une lampe sans percer les ténèbres, une voix affaiblie jetait, pour appeler un chien, ce nom vainement répété : « Loup ! loup ! » Mes mains qui se cherchaient ne se sont plus trouvées. Il me sembla que j'étais tombé d'une barque dans une eau noire dont je ne me distinguais plus. Et mon corps était en moi comme ces rêves qui nous ont laissés à la peine de les chercher. Je me sens mourir, je prie comme il y a dix ans, endormi dans les bras d'une amie en partageant sa bouche avec la mienne. Terrible chute où je me sens rattrapé puis vertigineusement dépassé par la chute du monde où je m'élève en disparaissant. On dirait que l'abîme où je tombe a pris la place de mon corps et ouvre en moi des ailes à la mesure de ma vie. Il n'y a plus que cet engouffrement en hauteur dans le remous muet des ténèbres (mercredi 13 au 14 août, nuit).

Comme il n'y avait plus rien à manger, on ne jetait plus les détritus. Les bêtes sortaient de leurs trous, les souris montaient sur les tables, avec les cafards, et sur son lit l'écrivain abruti par le jeûne, voyait boiter, au milieu de ses livres, un scolopendre transparent à force de privations.

Souvent à l'entrée du sommeil, happé par un rêve que je reconnaissais, mais sans me reconnaître moi-même, je me suis dressé, cherchant en vain dans cette image toute voisine encore l'impression trop familière qui m'avait alarmé parce qu'il y avait en moi je ne sais quoi de rebelle à cette familiarité, parce que cette vision nocturne devait sa cohérence à cette sensation de déjà-vu dont ma conscience ne gardait pas la trace. Une nuit, j'ai rallumé ma lampe et j'ai écrit, non sans raison :

« Parfois, il m'a semblé que j'allais m'endormir dans les souvenirs d'un autre homme. »

Il n'y a pas de dates dans ma vie ; cette idée me cause quelque peine. Sans doute, un jour à jamais perdu de mon passé d'enfant, ai-je vu, sur l'eau mobile d'un étang, le vent orienter l'une vers l'autre, sans jamais les unir, une irisation et une fleur... Pour m'être attardé à l'inexplicable angoisse de ce jeu lumineux, je me trouve, ce soir, un peu plus près de donner un droit sur ma mémoire à l'amoncellement des ombres autour d'une lampe éteinte dans un coin de la chambre qui vient d'attirer mes yeux par son aspect singulier.

C'est que cette lampe vient de s'éteindre. L'ombre a posé sa main sur elle ; et, derrière cette main se cache une clarté qui m'observe.

X

On a enterré la famine et la peur, déterré les fusils. On promène les mitrailleuses en voiture.

Une très petite main a planté quatre glaïeuls dans un obus de porcelaine, puis m'a fait de la porte un signe que je n'ai pas compris.

Le soir du premier jour, le glaïeul rose a écarté ses pétales et, à travers un masque invisible, m'a regardé avec un œil de polichinelle, le glaïeul blanc s'est coiffé d'un casque dont il ne m'apparaît que le cimier. Penché vers le fond noir d'un tableau, un des deux glaïeuls rouges pêche à la ligne et l'autre observe à travers des brins de fougère un minuscule Chinois dissimulé dans son ombre.

Il était minuit environ quand, au milieu de mes livres et de mes cahiers ouverts, je me suis éveillé. Étonné par ce sommeil subit, je jetais les yeux autour de moi et je ne réussissais pas, malgré mes efforts, à secouer l'angoisse de l'espace, oppressant comme une présence. Dans la nuit hérissée, tendue, un bruit d'eau courante se faisait entendre, mais inexplicablement grêle et voilé comme s'il s'était produit dans un monde étranger au silence qui m'accablait. J'aurais voulu traduire mon impression, mais il me semblait que mes pensées ne voulaient pas de la parole, ou plutôt que je les réduisais moi-même à se taire dans la peur qu'en prenant une voix elles ne m'enfoncent une deuxième fois dans le sommeil. Le calme qui m'emprisonnait ressemblait trop à celui de la mort pour que j'y supporte la hauteur souveraine d'aperçus effroyablement lents et d'où mon esprit ne savait pas me sortir après m'y avoir engagé. Des bruits qui, peut-être, m'avaient éveillé, demeuraient en suspens dans un monde qui n'appartenait pas plus à la veille qu'au sommeil et leur interruption inexpliquée me pénétrait de l'impression qu'ils étaient, à ma place, perçus par quelqu'un qui n'était pas fait pour les entendre, cette pensée, peut-être, ennemie de mes paroles, et qui m'avait effrayé par sa dimension exceptionnelle, par la capacité d'attention qu'elle obtenait de moi. C'était un silence dans le silence des bois, l'étonnement de deviner, là où il n'y avait personne, le froid recul d'une femme en robe du soir se retournant sur la rue où s'envolait une voiture. C'est alors que je sentis, soudain, la fraîcheur apaisante des lauriers-tins comme si je n'avais eu, pour être aussitôt transporté dans cet endroit d'un parc, qu'à me figurer la nuit délicieuse des frondaisons étalées sous les étoiles.

XI

MON infirmière m'avait habillé, il faisait jour. J'ai vu mon visage défait dans toutes les glaces de ma chambre. Mon crâne se dénude, mes cheveux s'allongent couvrant mes oreilles, creusant mes traits, plus je ressemble à un moine, plus je ressemble à un clown. Blanche-Abeille qui se farde beaucoup, dissipe l'équivoque en posant un baiser sur mon front de Footit.

Un artiste vrai se désespérera toujours parce qu'il n'est pas celui qu'il est. Étendu dans sa chambre au milieu des livres qu'il a aimés et réunis, les yeux sur les merveilleuses peintures de ses amis, il se laisse porter par des vibrations qui font un vaste et unique silence, mais qui n'est pas le sien. Les hommes qui viennent le voir regardent l'endroit où il vit et pensent avec un peu d'envie que c'est son monde, mais rien de plus faux et le plus cruel est qu'il doit renoncer à les détromper. Inutilement, il leur a répété qu'il n'était pas le poète de ses propres vers, ni l'homme de ses livres. «Je suis plus étranger à ma chambre que vous, dit-il, il me faudrait la brûler pour y pénétrer. Mourir, peut-être. » Sa chambre ne différera plus de lui quand il n'y sera plus.

Après avoir, pendant quinze ans, réuni des tableaux et des livres, je commence à craindre le feu qui passerait sur eux.

— Croyez-vous à tant d'infortune ? me demande un ami.

— J'appréhende ce malheur parce qu'il me semble que mon âme le souhaite. Je continue à édifier un monde dont le meilleur de moi-même ne peut que souhaiter la ruine.

Je crains pour mon existence la vérité suprême dont elle est le degré.

Le temps sépare de nous une part importante de notre personne, mais nous leurre parfois en nous faisant languir de même un objet impatiemment souhaité. Nous vivons nos journées dans une attente aiguë, épuisant notre ardeur à rapprocher idéalement de nous ce qui ne nous est rien et réunissant à notre personne, non pas ce qui manque à notre être et qu'il faudra chercher à travers le temps qu'il trame avec nous, mais une image de notre désir, factice, inféconde, si matériellement caricaturale que nous formons avec elle un monstre mi-partie. Nous le savons, hommes vieillis qui préférons notre bibliothèque au contenu de nos livres, et aimons en une femme, non l'effacement de ce qui nous sépare, mais l'image physique et tourmentée de notre désir.

Je suis ce qui ne vit que d'emprunts, le noyé de mon être, condamné à vivre intolérablement dans sa propre mort. Sous les eaux épaisses de mon souffle haletant, languissant vers toutes les images de la vie qui me soutiennent un instant au-dessus du vertige et auxquelles j'essaie follement de m'identifier parce que je crois, au cœur de leur perfection, éclore ma nullité, aveugler ce besoin de m'accroître qui multiplie ma peine parce que je suis éloignement. Être, c'est pour moi fuir, et saisir, ce serait creuser l'abîme éternellement fouillé sous mes pas par le temps, par l'espace dont je suis fait.

Dès que je m'anime un peu, aussitôt que je cesse, un seul instant, de me laisser vivre, avant même de former la pensée que j'existe, je cherche à entrer dans une heure qui n'est pas encore, je n'ai de force que pour cela : j'allume une cigarette comme si j'anticipais sur l'instant où elle sera consumée. J'écris à un ami pour dissiper les journées qui nous séparent, je creuse une brèche dans le temps pour y engloutir l'espace.

XII

La valeur d'un écrit se définit par l'importance des livres qu'il annule.

Pour que mes phrases soient, autant que des paroles capables de remuer des hommes, il faut que je les prête à l'individu que je suis dans mes prétentions.

Te voilà obligé de vaincre le ridicule. Prends-toi pour quelqu'un. Et qu'il soit grand, n'ayant de vie que dans ton indulgence et dans ton amour.

Parle pour les oiseaux, pour les grillons, pour les bavards, pour les muets, pour les aveugles, mais, pour t'adresser aux écrivains, fais-toi un langage avec le cri des grillons, les plumes des oiseaux...

J'ai choyé des êtres trop purs pour la terre et j'ai voulu les rendre à eux-mêmes, je ne me suis emparé d'eux qu'après les avoir menés plus bas que la nuit. J'allais vers les créatures, comme affamé de leur fantôme. D'où m'est venu mon amour qu'il voulût ainsi franchir ma nature et se rassasier à la grâce amère et sournoise de l'ombre ?

J'ai ouvert mon cœur à celles qui étaient belles à la manière des enfants. J'ai voulu que mon nom, quand elles ignoraient encore celui de l'amour, leur apprenne la douceur de prononcer une parole. Je les avais choisies pour leurs yeux dont la profondeur était si loin d'elles qu'elles ne voyaient que de la lumière dans les miens.

Il est à regretter que l'Hirondelle blanche n'ait pas vécu. Pleine de réserve, de pudeur, je la connus naïve. Toute innocence est faite de larmes voilées. Mais celle-ci paraissait innocente de sa propre existence. Pure, comme le matin qui prend les couleurs de ce qu'il ignore encore.

Ce n'était plus elle, ce n'était plus moi, je n'habitais plus mes jours, c'était une longue nuit menée hors du noir, cette tendre vie que j'ignorais à longueur d'amour.

Qu'on m'apprenne le sens de cette cruelle déraison qui m'empêchait de reconnaître l'Hirondelle blanche aussitôt qu'il faisait grand jour. Seul avec la jeune fille que j'aimais dans une clarté venue d'ailleurs, je me sentais mal à l'aise et, bientôt, je me détournais d'elle, si nous échangions quelques mots, il me semblait que nos paroles nous entendaient, et nous étions comme perdus l'un pour l'autre, et moi, de plus en plus éloigné d'accomplir avec elle des actes visibles ou imaginables.

Je l'attendais dans le noir, ou sous des lueurs un peu rouges qui lui inspiraient la peur de sa voix ou de la mienne. La parole n'était plus la parole, mais le vagissement bas et tremblant des actes que nous allions inventer. On aurait dit que nous avions fait la nuit en nous rapprochant et qu'elle se contemplait dans nos regards pour nous empêcher de nous reconnaître. Nous ne redoutions que nos pensées, comme si le grand jour avait pu jaillir d'elles.

Et la nuit, comme la profondeur d'un miroir sans fond engloutissait nos personnes tandis que nos regards se reposaient dans notre image.

Un peu avant l'aube je me suis endormi. Des passants m'avaient annoncé une mort. Mon sommeil était agité. Je rêvais de l'ombre : un minuit clair comme l'acier sur lequel toutes les fenêtres basses s'ouvraient lentement, mais c'était une nuit que les bêtes craignaient et les chats la fuyaient avec épouvante, les oreilles couchées. Je me suis éveillé dans le bleu livide qui annonçait l'aube. Noirs encore dans le petit jour, les arbres sortaient des ténèbres sous leur silhouette d'hiver. Des coups de cloches retentissaient, comme une heure folle, où mon calcul se perdait. L'aube pesait comme un bandeau sur mes yeux. Je n'ai pas reconnu le jour.

Un accident a interrompu le courant électrique. Les lampes se sont éteintes dans toute la maison où des cris se répondent. Des pas martèlent le plafond. Une lumière entre par une porte dérobée, dépouille les murs de leurs ténèbres. Elle effleure les tableaux, flatte en passant le jeune visage de femme à sa toilette avant de plonger à nouveau dans la nuit de la chambre d'autrefois où elle est assise.

De mon lit, je regarde encore miroiter des formes dans les épaisseurs de la peinture aux miroirs. Baissant la mèche de la lampe à pétrole posée à mon chevet, je diminue l'éclairage en fixant les yeux sur la chambre sœur où je vois l'ardeur souterraine de chaque couleur dominer l'ombre environnante, se l'ajouter, conspirer avec elle l'oubli du monde apparent.

N'émergent enfin de l'obscurité peinte que la robe du jour et la robe de flamme, escaladées l'une et l'autre de lueurs matérielles, comme si elles retrouvaient au-dedans du vert et au-dedans du rouge les riches méandres de la vision d'ensemble qu'elles font oublier.

Rien ne chante plus dans l'intérieur sans murailles où deux femmes heureuses s'apprêtaient pour le bal.

Il n'y survit plus qu'une bruissante moisson de feuilles sur un fond noir, une autre moisson de pourpre, deux harpes minérales à jamais séparées par le silence d'outre-tombe qu'elles veillent de toute leur hauteur.

Comme pour exorciser une crainte, je me

répète tout bas le nom de la Blanche-par-amour et celui de la Souterraine.

Les couleurs rampent sous la terre et le peintre y a déchiré ses doigts quand il s'est efforcé de les nouer sur des ressemblances humaines. Le soir vient, la nuit relève ses murailles où d'invisibles mains attachent les églantines minérales qui ne sont que leur pesanteur et le poudroiement étoilé qu'on voit seulement dans les yeux qui vivent.

Encore cette pensée est-elle un leurre.

Elle prend dans mon esprit la place des trois miroirs que je ne vois plus apaiser mon imagination au rassurant spectacle d'une image familière.

La Souterraine a dû me quitter. Fort triste. J'ai poussé mes contrevents pour la suivre des yeux. Je n'apercevais que sa fourrure brune, son chapeau de feutre teint ; et mon cœur se serrait devant la couleur immuable de ces oripeaux, elle pleurait sous le même chapeau rouge qu'elle avait posé sur ses cheveux avant de venir vers moi. *Tout ce qui vit dans la couleur habite sous la terre.* De quoi est-elle prisonnière, elle qui me disait :

« L'hirondelle blanche habite les chambres closes. C'est elle qui se lève dans l'ombre quand vous ouvrez une fenêtre et vole comme un rayon à la rencontre du jour. »

Bientôt, la nuit. Écoute, déjà, l'abeille du noir.

Un fait trop grand pour toi aura rempli ta vie.

Et quel fait, désormais, ne serait trop grand pour ta faiblesse ? Tu seras sa grandeur ou le secret de sa grandeur, si tu n'es que ta voix.

Je voudrais être aimé de ceux qui n'attendent rien que de leur amour.

Il est trop tard. Personne dans les rues. Il est resté du jour un peu d'ombre.

Nuit aérée par la disparition de la foule, par le reflet des vitrines vides et des magasins où l'on ne vend plus rien. Toutes les portes sont ouvertes.

Vêtue de blanc, la Souterraine marche lentement. Elle a les grands yeux d'une créature qui a caché un homme chez elle, et ralentit le pas afin de dissimuler sa hâte.

Les mêmes gestes, les mêmes regards de connivence ; le même souci, dans les couloirs où entre cette femme, d'étouffer le bruit des pas, ce n'est pas l'amour qui rend les hommes et les filles complices.

Ce n'est plus l'amour, mais autre chose qui est dans l'air et à quoi tout le monde pense, comme à la mort, mais ce n'est pas la mort. Une main offre à la Souterraine une pierre bleue, à la porte suivante une ombre lui tend un caillou rouge, elle ramasse une émeraude. Ainsi compose-t-elle un collier et le passera au cou d'un être si pâle que toutes les couleurs retournent au blanc sur sa peau de moribond.

Je reconnais la route, le marchand dont les

cris faisaient vibrer les vitres, je reconnais les maisons, je ne connaissais pas l'homme qui est caché dans la plus basse. Personne ne le savait de si grande taille, la Souterraine doit ouvrir les bras pour le presser sur elle, on ne le savait pas étendu si bas, elle se jette à genoux pour l'embrasser. Je voudrais intervenir, c'est pour moi que cette femme a risqué de se perdre, pour mon salut qu'elle a risqué le sien. Elle avait déjà les cheveux gris quand je l'ai rejointe. Personne ne savait que son malade était si lourd. Il faudra plusieurs hommes pour porter son brancard. Elle chantera en les suivant. Il l'a apprise à aimer. « C'est un poète qui meurt, disait-elle. S'il n'était pas un enfant, il était mon enfance. »

« Il est cependant des avantages à habiter ses propres yeux : on est un peu dans ce qu'ils voient et presque tout dans ce qu'ils aiment de trop beau.

« Douceur exquise que l'exil physique révèle. N'être que son regard devant un objet choisi, c'est effleurer la nudité du jour.

« Vous étiez très blanche et c'était la couleur de la joie, mais la vôtre ; la couleur même du jour où mon ombre aura pris ma place.

« Vous me quitterez, vous serez devenue l'horizon, comme au cœur d'un lis noir sa blancheur consumée.

« Vous n'existiez que pour mes yeux, ma voix vous donne asile. Loin de moi, vous serez votre rire, si émouvant de vous avoir parcourue toute... La tête me tourne comme à ceux qui ont des yeux pour ce qui n'est au monde... »

Toute neige est l'image
D'un mal qu'on ne sait pas
Et fête un mariage
Où le jour seul viendra

Ceux qui s'en vont ignorent
Qu'une fois en dix ans
L'absence est près d'éclore
Le coquelicot blanc

Au jardin de ma mère
Chaque fleur à son tour
Ferme avec mes paupières
Les yeux menteurs du jour

Où les couleurs sont-elles
Tant que la nuit y voit
Le rouge vend ses ailes
Le blanc est mort de froid

Sur des lèvres où sombre
Un papillon gelé
C'est entre une ombre et l'ombre
Notre amour en allé

Sois moins triste on t'écoute
Ouvre tes yeux d'absent
À la folle qui doute
Du coquelicot blanc

Ton nom ce n'est personne
Mais son propre secret
Tout le noir qui frissonne
D'un bois dans un bouquet

Cueille la fleur de glace
De loin le froid se voit
Ce qui brille où tu passes
Si ce n'était pas toi ?

XIII

Il existe un monde plus pur que le nôtre où nous pouvons entrer et résider sans être vus, or, même en ne lui livrant que nos ombres, nous empêchons qu'il ne soit tout. Il ressemble à ces songes enchanteurs où nous entrons en cessant de veiller sur nous-mêmes, mais qui gardent leurs clefs et nous laissent étonnés et amers, pleins d'une expérience dont notre personne nous sépare.

Un monde où tu as voulu entrer sans te détacher de toi, tu le détaches de lui-même. La terre est partout, le monde où tu pourrais la fuir n'est nulle part s'il n'est pas dans ta voix.

Mon royaume est de ce monde, mais je ne suis pas dans mon royaume.

Chacun est aussi séparé de lui-même que la fleur de sa tige, mais un avec l'immensité que tout espace contient, *Utinam, Romaniane homo sibi aptus sit.* Chacun sera s'il devient l'autre, c'est-à-dire la condition d'être tout comme lui.

Ai-je tellement demandé au monde ? J'ai

voulu qu'il répondît avec ma vie de la beauté que j'y découvrais et que mon cœur fût le gage de cette unité profonde, confirmée dans le déchirement de l'âme. Ce que les mystiques ont vu, je le trouve au sein de mes yeux et mon corps saigne de se trouver de trop dans l'enchantement.

Auprès de la Souterraine très vieillie j'arpente la route du nord, à la recherche d'un lieu introuvable qui porte le nom de Roquelongue. Le chemin nous apparaît enfin, long, abrupt, pavé de vastes pierres plates où la lumière tombe de très haut comme pour y faire vibrer le bruit des heures. Au plus loin du regard s'ouvre une église que nous cherchons, mais sur le côté de la rampe boite une porte entrouverte que ma compagne pousse avant moi. Nous entrons dans un cimetière abandonné et pavé de petites pierres grises que nous allons disjoindre à coups de pic, comme c'est le devoir de tous les visiteurs.

Homme, tu n'es que ton propre frère, car celui que tu prenais pour ton frère c'est toi. Il est plus agréable d'assurer le repos d'un homme que de ménager le sien propre.

Cette vérité a été mal appliquée dans le cadre de la famille, et égoïstement exploitée par le père qui vit dans son fils, par la sœur qui vit dans son frère. Ils croient les aimer parce qu'ils sont les leurs, c'est dans leur amour qu'ils leur appartiennent.

Un seul être t'échappe, c'est toi. Détourne-toi

de l'ombre que tu es et ne pense qu'à créer l'autre en qui tu pourrais naître.

Détourné de tout et de moi-même, allégé, sans poids, sans contenu, sans rien en moi que des limites.

Lundi, flamme de pain chaud, mardi, au toit de feuilles, mercredi, une chatte blanche et lente comme une fumée.

L'amour est le miroir d'un mort qui pleurerait la mer.

Parce que la Souterraine s'est éloignée les faits les plus insignifiants m'apparaissent sous un autre jour. Ils aliènent leur indifférence, ils se gonflent de la réalité que ma tristesse me refuse. On dirait qu'ils engendrent le temps.

Son visage consumait le regard. On aurait dit qu'elle me fermait les yeux de la lumière.

— Qui a apporté ces roses noires ?

— Ce ne sont pas des fleurs noires ; et hier, elles étaient là, rouges comme elles sont. Vous les voyez noires parce que vous dormez encore.

Figé dans mon existence de chose, j'ai couru un rare danger. Ce que les autres cherchaient, je croyais l'avoir trouvé. Mon immobilité me fabriquait de l'immuable.

Ne fais plus coïncider le sentiment de ton être avec ton idée de l'être. Ne sois que ta propre image et ce qui est se connaîtra en toi.

Il faut que ton intelligence de la vie ne soit qu'un degré de ton amour pour elle.

Si le monde dont je m'étais mentalement exilé se revêtait de mes sentiments et de mes pensées, c'est que je ne lui avais rien repris en le quittant. L'endroit d'où tu te retranches est à l'image de l'amour qui t'obsédait, il reste évidemment, la proie d'une vie dont tu n'étais que l'ombre... Demeure attentif à la voix des choses, empêche qu'elle ne soit distincte de toi. Tu tiens peut-être ta réalité d'un être profond que tu vois grandir dans ce qui t'entoure avant de lui servir d'instrument.

Cette certitude me suffit. Ma réalité est d'emprunt. Mon être m'est extérieur. Il émerge dans l'action que j'accomplis comme un verbe dont je ne serais pas tout le sujet. Je me sentais profondément allégé. Mes actes cessaient de me paraître obscurs. Ma nature d'écrivain devenait enfin la clarté de mon être d'homme. Plus d'une fois je m'étais efforcé de peindre un personnage à travers son action caractéristique. Je tendais naturellement vers la forme qui s'accommodait le mieux de cette vision simplifiée, incisive. Mais savais-je ce que je cherchais quand je souhaitais d'enfermer chaque individu dans son action essentielle, de le subordonner, au lieu de le décrire, aux faits qui le jugeaient. Je le saisissais à travers ses actes irréversibles. Mais cette préférence dénonçait un goût d'auteur. Elle révélait ma prédilection pour un certain style. Bonne occasion pour le langage de découvrir sa nature en dévoilant la mienne.

Une définition de l'action s'ébauchait-elle à travers mes intuitions ? Provisoirement, j'admettais qu'elle était la rencontre entre l'immuable monde intelligible et ce monde qui est toujours en mouvement.

Pendant des mois, bafouillant, errant, je m'étais efforcé de qualifier deux styles. L'un, dont le modèle est dans l'*Énéide,* ne décrit que des actions inachevées. Le sujet s'y est emparé de ses compléments de temps et de lieu. Œuvre d'un écrivain maître de lui et qui ne rapporte que de l'accompli. Ovide a donné le modèle d'un style différent et que j'avais nommé transitif à cause du relief qu'y prennent les verbes : non qu'ils soient plus nombreux ou choisis avec plus de soin, mais parce qu'ils y régentent plus évidemment toute l'étendue de la phrase, aimantant le choix des mots.

Dans son aperçu d'une histoire de la langue grecque, Meillet note que, dans le grec, les notions sont présentées au point de vue des *procès* : « Ce qui est exprimé le plus volontiers, dit-il, ce ne sont pas les choses, mais les actes d'où elles procèdent... » Les noms sont des dérivés des verbes.

XIV

UNE fois je me suis endormi sans sortir de ma conscience. Mon regard sans vie flottait sur mes yeux ouverts et immobiles comme mon corps. Les anges de pierre se faisaient face sur la cheminée encombrée, je les voyais, ainsi que les fleurs de laine peintes sur un panneau. Je voyais la lampe jaunâtre et, dans les coins les plus reculés, les feux noirs fermant mon étroit horizon. Mon corps s'est enfoncé dans une présence limoneuse, peuplée de voix. La radio parle, bien que débranchée et parle très haut, il me semble que je l'entends depuis toujours, mais beaucoup plus tout d'un coup comme si sa voix s'était amplifiée de l'étendue où elle se répand. Une main repose dans la mienne, je ne m'en étonne pas, ceci n'est l'affaire que de ma main. Partout où je vis est la vie, et moi, au plus, un trouble qui prend corps, se fait baiser sur mes lèvres, tendresse au voisinage d'un visage deviné et trop proche pour m'éveiller ailleurs qu'en mon cœur. À un pouce de ma poitrine, un minuscule appareil photographique s'est déplié, j'en observe tous les détails et complote de le détraquer d'un geste maladroit que je me contente de rêver. Je me sens tendre et pervers comme l'enfant très jeune dont j'ai saisi le mollet nu. Une main étroite et virile maintenant pèse sur la mienne, je la prends, je la lâche, afin de palper sous le drap d'un veston des bras extrêmement maigres, courts et osseux. J'ai failli ramener au jour des gants en peau de suède abandonnés sur ma poitrine. Dans les hauteurs de mon regard, comme ma pensée allait se reformer, une branche enneigée de fleurettes roses retenait un rayon, elle est restée suspendue dans l'air quand l'usage de mes bras, déjà, m'était rendu.

Tandis que je reviens à moi il me semble que mes membres ont dormi dans des membres, mes mains dans des mains. Renaître paraît étrange et se tisse d'une douceur qui coûte un peu à ma tendresse. Mes yeux s'animent. Comme au sein d'une flamme que le vent arrache à l'épaisseur embrasée du tison, je me pénètre de ce que j'éclaire. Et je survole par la pensée mon être matériel qui a sa vie dans une voie lactée de corps semblables, comme si j'étais continuellement pétri de mains absentes.

On a fait de trois murs la maison que j'habite, une immense fenêtre tient toute la place du quatrième. Le soir, j'ouvre mes contrevents qui sont plus hauts qu'un portail et je les ferme avant le jour afin de garder avec moi une nuit tombée des étoiles.

C'est un coin inconnu de la ville de Saint-Souris.

On se déguise pour sortir la nuit. Les avenues resteraient profondément obscures sans ces longs personnages de satin vert clair et bleu pâle qui paraissent descendus des vitrines. Ils déambulent par trois, le long d'un boulevard silencieux où courent des rails froids dont la nuit cache le bout. Ils portent des masques de carton sculptés à l'image du même sourire.

C'est un pays où ma mère m'a devancé. La joie et la peine y sont inconnues. Le sourire s'y achète mais il pèse un peu moins qu'un masque au visage.

D'un peu loin, je vois Blanche-Abeille qui me cherche peut-être, bien qu'elle me semble attendue. Il fait sombre mais ce n'est pas ici le lieu de la nuit, c'est l'obscurité de l'espace. La parole ignore la parole, mais elle a tout ce que nous sommes pour cacher que nous sommes. Ma mère ne me reconnaîtra pas, maintenant que ma blessure est entrée dans mon cœur.

Dans une chambre comme celle où je m'endors chaque jour, mais plus grande, trois lits sont alignés. Mon infirmière dort dans l'un, une très jeune fille se couchera comme moi dans l'un des deux autres. C'est agréable à penser. Une clarté obscure enveloppe la pièce, une sorte de murmure lumineux qui trouve au fond du regard le chemin du cœur. Nous parlons d'une voix étouffée en regardant des peintures poussiéreuses que nous avons trouvées sur un meuble. Il fait bon, on est heureux de tout, parce que rien ne peut troubler ce que l'on attend dans ce monde pareil au nôtre, mais allégé. On dirait qu'une menace a disparu. Il a suffi que le cœur batte un peu plus fort pour qu'on découvre chaque côté de son ombre. Nos désirs sont les mêmes, mais ce n'est plus le poids de l'existence qui nous entraîne à les accomplir. Rien n'y finit de notre fait.

Autour de la chambre, les pièces sont claires et immenses, les couloirs s'allongent, coupés de portes sans serrures et qui flottent dans leur cadre. *C'est un monde où notre parole nous isole,* il faudrait deviner nos pensées pour nous y suivre, et les traduire dans cette voix étouffée qui fait régner un ciel impénétrable au-dessus d'elles.

Ce soir j'ai reçu une habitante de Saint-Souris. Accompagnée par un grand diable chauve qui tourne autour d'elle, les yeux bien ajustés, on dirait qu'il a dû manier la pioche pour lui ouvrir un chemin. Elle, les cheveux ébouriffés, la bouche en avant et tout le visage sur les lèvres, fascinée, somnambulique, elle déconcerte par l'interrogation muette de ses traits et d'une mine si continuellement suggestive qu'à la regarder on connaît l'embarras d'un sourd environné d'attentions.

Elle a traversé le soleil sans se hâter, fraîche comme une source.

Son sourire naît entre ses lèvres et s'étend sur sa bouche comme un masque qui ne couvrirait que le bas du visage.

Ses traits paraissent dessinés par le passage d'une flèche. Elle a de beaux yeux gris où l'ombre bleuit comme dans une carrière ensoleillée.

Elle est belle, d'une beauté qui ne peut ni se décrire, ni se rêver. On dirait qu'elle est belle de la beauté qu'elle a voulue. L'éclat de son visage est le visage de sa volonté.

Blanche-Abeille a fait quelques pas, le long d'une pelouse qui l'approchait de moi, les sentiers tournaient autour d'elle, la suivaient avec les branches et les arbres, sous le ciel léger dont l'eau était le miroir. J'avais envie de lui demander ce que je faisais devant elle. Mon cœur battait dans une immensité dont mon regard me séparait. J'avais fui, pour la trouver, un monde hostile et sans limites dont l'image pure et rapetissée était maintenant son royaume.

Chaque jour, elle s'approche de ma chaise longue, il fait beau, les noisetiers se penchent vers nous, toutes les choses que je vois, dans ce monde calme et rassurant, me font oublier l'abîme où elles m'ont trouvé. Je contemple mon amie, si fragile et menue dans le silence qui m'a suivi, mais si haute, soudain, sur un geste de sa main parce que je la regarde avec les yeux d'un enfant. Elle m'examine en souriant. Je me tais, comme si j'avais peur de ma voix.

Pourquoi mes pensées s'enveloppent-elles d'une brume pénétrante et insidieuse qui se laisse si difficilement traverser ? Tous les hommes sont aussi maladroits que moi à s'exprimer, cependant ils acceptent cette faiblesse, ils croient trouver leur pensée hors de toute parole. La proposition que l'homme conçoit efface son expression et se survit, flottant comme une poussière sur des mots qu'elle vient d'enterrer et qu'elle croit retrouver dans ces doubles éteints qui forment ensemble une phrase. Plusieurs fois par jour, une impression éveille mes yeux, mais inutilement. Plus je m'enfonce dans mes réflexions moins je sais ce que je tais, ma langue pèse comme une pierre sur ma clairvoyance.

À peine éveillé je me trouve prisonnier d'un monde hostile et sourd aux paroles chatoyantes qui m'avaient devancé dans le sommeil. Je parle, mais je parle en vain, autour de moi des murs se sont refermés. Les mots dont je me sers ont vieilli tout d'un coup. Je les ramasse n'importe où, ils ne sont plus mon souffle et je les porte avec peine. Ils n'ont pas, comme dans le sommeil, le même âge que moi. Identiques à eux-mêmes, mais *ne reconnaissant plus mes regards.*

Et m'accablant de leur savoir. Le sommeil, je m'en souviens, avait été la vie même, une tendre illumination dont la parole engendrait le murmure. *On dirait que l'homme n'est pas fait pour vivre éveillé.* Sa pensée est le refus des mots, elle a vieilli avant de naître, ingrate, calcaire et minéralisée comme la substance préhistorique gâchée dans l'épaisseur du squelette humain.

Je ne m'approche de mon amie qu'en m'approchant de mon amour. Je ne sais pas lui dire que je lui appartiens, mais je nomme pour nous deux des choses lointaines, le sentiment le plus naïf de mon cœur ne devient réel que si, devant mon expression, je suis n'importe qui. Il fait beau, lui dis-je, les chênes sont noirs. Dans ce monde en mouvement il faut que les mots naissent après les verbes pour approcher la dimension qu'ils donnent au sommeil. Loin du songe où toute parole est un acte, l'homme n'est que l'ombre d'un fait.

Est-ce une salle de spectacle, est-ce un lieu de plaisirs ? L'absence de toute lumière là où l'obscurité est inconnue. Des couleurs crues mais qui rayonnent sans violence dans un air fruité, sous les arcades d'un patio. C'est un lieu froid et à l'écart de tout, où je suis entré à l'aube, mais quelle aube singulièrement douce ! L'aurore en veilleuse d'un pays illuminé par un soleil souterrain ; où toute clarté monte de la terre aussitôt qu'elle se détourne du jour.

Accroupi sous une arcade, je regarde un bassin où une main de femme pêche des poissons rouges. Je m'étonne que ces animaux vivent facilement hors de l'eau ; moins en découvrant que l'un d'eux a sa tête enfermée dans un minuscule scaphandre.

Une femme en robe du soir s'est approchée de moi. Elle se penche sur ce que j'observe afin de me montrer combien elle s'intéresse à moi. Impérieuse, passionnée, assez souveraine pour enfermer le printemps dans la lumière dorée de sa maison. On ne se demande pas son âge puisqu'elle fait la nuit en s'éloignant. Comme je lui ai demandé de me présenter à ses amis, elle me promène très vite parmi des hommes élégants qui m'accueillent sans écouter mon nom. Enfin, elle me glisse dans la main un fétiche d'or, une silhouette plate et large où sont gravés des caractères.

XV

ASSEZ souvent je m'éveille en sursaut au milieu de mes livres que j'ai abandonnés quelques instants pour me délasser. Je surprends alors un haut bruissement qui remplissait mes oreilles et sur lequel ma conscience ne tarde pas à étendre un voile silencieux. Dans la première lueur de l'éveil, le matin, je vois aux couleurs un éclat plus vif, comme si le rayonnement de mon esprit était lent à faire place à la raison. Quelquefois j'ai pensé que l'homme n'entendait une note que par l'office d'un sens continuellement ému par le bruit, comme si l'oreille s'emplissait d'une *rumeur majeure* et absolue, assimilable par sa plénitude à la lumière blanche. Ainsi, la note perçue, sourdement préentendue au sein du corps qui doit soudain partager avec l'espace. De même l'œil est ébloui de lumière blanche. Je crois que l'homme entier contient dans son âme un être *majeur* antérieur à toute expérience et que les faits éveillent en l'arrachant au rêve qu'ils étaient en lui.

Satisfaire entièrement à l'inutile, et combler l'homme physique, afin de libérer l'homme-nébuleuse, celui qui survit à l'assouvissement de l'homme naturel et se trouve désarmé et nu, l'angoisse et le malheur probables de l'homme physique si l'art n'y pourvoit pas...

L'art est un besoin, *le besoin créé par la satisfaction de tous les besoins* et qui est fondé sur l'être même, un besoin de vivre. L'homme-nébuleuse est à rendre réel. La règle à lui fournir est tout son moyen d'existence.

Les hommes croient que la vie est première aux événements qui les concernent et qu'elle leur fait leur part sans s'aviser de ce qu'elle donne, ni s'altérer de ses générosités. Il leur semble qu'elle vient vierge du ciel avec le jour, indifférente comme lui et pleine d'elle-même. Cette illusion s'est formée, sans doute, dans l'enfance et surtout pendant l'allaitement quand le nourrisson buvait en aveugle au bonheur d'exister.

Notre existence est sur la terre où elle grandit comme un arbre. Elle est dans les événements comme le suc dans le fruit et nous vient tout élaborée.

Il faut que notre ambition soit de vivre, c'est-à-dire de rendre son unité et sa richesse profonde à l'être dont nous n'avons reçu que le souffle avec les faits dont nous tenons notre réalité.

Croire en la vie, c'est trop prétendre et ne rien

attendre que de moi ; n'attendre ma vie que de moï, c'est croire en Dieu.

Crois en Dieu et doute de tes maux comme de toi-même.

Il m'a fallu mentir à mon meilleur camarade.

À son insu, je procurais à son amie une drogue dont elle avait besoin.

J'ai éprouvé un peu de remords, après, une gêne croissante comme je voyais cette femme presser l'orange de terre et l'élever à ses narines dans un crépuscule orageux qu'elle paraissait consacrer en le faisant miroiter sur ses bagues.

Je prononçai quelques paroles qui me parurent peu naturelles, après, me tus, tout autre propos m'étant gâté à l'avance comme si ma voix et son contenu n'avaient plus dû se rejoindre. Le ciel se fermait. Loin de naître en lui la lumière crépusculaire germait entre cette femme et moi, l'espace et l'horizon en étaient l'abîme, et, dans cette équivoque clarté je rougissais de moi-même, comme si j'avais tenu mon être de l'acte répréhensible que nous accomplissions. Le jour n'est le jour qu'une fois épanoui par nos regards d'où nous tirons ce que nous sommes. En attrapant une boîte pour y serrer un trésor, ma jeune camarade heurta la charnière de mon bureau où la chaînette de son bracelet la tint un moment attachée et cet incident insignifiant ancra profondément dans ma conscience l'impression dont je commençais à souffrir.

Et je peux aujourd'hui noter au passage, comme un commentaire poétique à ne pas négliger, que l'événement, si important en lui-même, s'est rendu inoubliable en s'enrichissant des traits que je n'y pouvais prévoir. Il se faisait présent à jamais et d'autant plus implacablement que le détail, à lui ajouté, m'avait semblé plus fugitif. C'est par son trait le plus effaçable qu'une vision se commémore comme si la conservation en était assurée par le geste qui l'aide à passer.

Une heure sonne, mon facteur entre chez moi avec une haute mine de geôlier, précédant de peu Blanche-Abeille qui me dit bonjour en souriant, s'assied et regarde ma chambre à peine éclairée comme si elle l'avait tirée de son mouchoir. Les femmes, les hommes que l'on rencontre et que l'on écoute ne sont pas contenus dans le jour, ils contiennent le jour, ils le créent déjà dans mes yeux comme ils le feront germer dans mes souvenirs.

C'est une vérité que, de toutes mes forces, je me suis empêché de connaître et d'incarner, comme si j'avais voulu refuser aux heures la liberté qui m'était retirée par mon mal et que la tentation hideuse me fût venue de paralyser le jour comme je me paralysais moi-même, de l'écraser sous des *silences* que je m'imposais. C'est quand les jours deviendront l'œuvre tremblante et modeste de mon cœur que je serai devenu leur œuvre. Je veux décentraliser mon intuition de l'existence, la ramener au centre de mon regard. Je ne prendrai plus le jour dans le soleil, je le verrai à sa source dans les objets qui l'éveillent parmi les ombres que nous sommes. Nous qui ne sommes pas notre être, mais son apparence, il ne faut pas que nous cherchions le soleil dans le ciel, mais dans une fleur ou un caillou où il vienne d'éclore : et nous définirons notre art : le réalisme d'une créature qui ne se sent pas tout à fait réelle.

Mon Dieu, tu as trouvé ce Meneur de lune sur le chemin de ta grandeur. Tu l'as détaché de son humble origine, tu lui as inspiré un amour trop vaste pour se connaître et tu l'as enfermé dans ton sein. Osera-t-il s'emplir de tes bienfaits et s'élever sur eux. Enfin, parce que tu lui fis une même grâce de l'éclairer et de l'accroître, va-t-il se prendre pour le frère du jour et s'estimer assez pour que la vie lui vienne par la voie des étoiles ? Pour qu'il porte aisément le poids des heures, tu as mis leurs ailes en lui, pour qu'il ne subisse pas sans ton aide l'éloignement et l'absence, tu as élargi son regard avec les couleurs dont tu ne lui as pas ôté toute la conscience. Mais aujourd'hui tu préviens l'illusion qui lui ferait chercher les sources de sa vie sur tes voies sublimes. Il n'imitera pas ceux qui ont ouvert leurs yeux dans la damnation de l'infini ; et qui, montés au faîte de leur espérance et de leur amour, ont voulu se prévoir sans se connaître. Il n'est pas de ceux qui se cherchent dans un miroir à la taille de l'immensité.

Il ne veut pas que sa vie s'égale aux jours dont elle est l'herbe et l'ombrage. Il attend qu'elle passe sous sa porte et pèse ce qu'elle est avec le gros sou de cuivre qu'il reçoit de chaque événement : entrée d'une fille aux yeux sucrés qui lui parle sans le regarder, éclat d'une allumette qui laisse la brûlure d'un éclair sur la page où il écrit ton nom. Tu l'as mis au monde pour une destinée de créature, et sa force est de mesurer sur lui-même la grâce que tu lui continues.

Il ne faut pas que notre regard cherche notre vie au sein de la lumière, elle se forme, sournoisement, à l'ombre de nos yeux. Nos jours n'ont pas la hauteur du jour, et l'existence qu'ils nous font n'est pas assez grande pour réunir et dominer les faits quotidiens, elle en est le contenu et coule en eux de source : la jolie fille en tailleur de laine blanche qui ne porte aux lèvres qu'un pétale de son sourire, la tristesse qui creuse ses yeux quand, sur une parole maladroite, elle commence de ressembler à un crayon mal aiguisé. Un horizon, comme celui du songe, sans échos au-dessous des reflets, intime comme l'épaisseur qui est dans la voix humaine

La vie n'est pas dans ton attente. Quand tu la nommes, tu ne fais que rêver d'elle. Elle marche dans les paroles que tu écoutes, t'observe dans la vision de ces traits qui seront ton amour si tu n'y prends pas garde, elle est dans le parfum qui dispense l'oubli d'un monde auquel tu te croyais égal.

XVI

MA chambre de malade s'ouvre au rez-de-chaussée d'une maison inconnue. La lumière n'y pénètre pas seulement par la fenêtre à moitié aveuglée, mais par la porte qui donne directement sur la rue où l'on n'entend rien : les passants cheminent sur des semelles de cendres.

Mon infirmière, que je vois à peine dans ce clair-obscur, va procéder à ma toilette. L'arrêtant d'un geste, je lui montre qu'en refermant les volets, elle a emprisonné un oiseau rougeâtre qui, sur le pavé, va et vient, comme s'il imitait, sans battre des ailes, le vol d'une hirondelle. Non sans maugréer, elle ouvre les volets, tandis que, le buste penché, je vois cet oiseau, minuscule et rouge comme un cœur qui, intelligemment, suit le rayon coulé entre les contrevents et marche sans hâte vers l'entrebâillement qui lui permettra de sortir. À mesure que l'oiseau s'approche du grand jour, il grossit jusqu'à prendre la taille d'un faisan, mais aux plumes blanches et noires, une sorte d'oiseau-corbillard qui, au seuil de la liberté, s'immobilise, espère.

Je le montre à ma sœur qui vient d'entrer, précédant un gros homme feutré, fourré mais vif et alerte comme un nain. Cet ouvrier cherche un chêne à abattre, il me salue et comme si je ne pouvais pas l'entendre, déclare à ma servante et à ma sœur qu'il reviendra lorsqu'elles m'auront endormi.

Au sortir d'un songe, j'ai vu, de nouveau, mon regard se ranimer dans mes yeux endormis.

Je roulais en auto dans la nuit, prisonnier de deux hommes noirs qui m'avaient confié le volant. J'enfilais des rues étroites, violemment secoué par des cahots qui s'espaçaient avant de faire place à la pente moelleuse d'un chemin de sable que nous abordions enfin, dans le vent poisseux d'un étang tout proche. Une crainte me venait, fortifiée déjà par la vision de l'eau mousseuse et transparente où la voiture allait entrer si mes gardiens ne sortaient pas de leur impérieuse inertie. Voué à partager le sort de ces sinistres compagnons, je n'imaginais que pour moi le danger qui nous menaçait ensemble, je n'espérais même pas que la peur de me suivre jusqu'au bout leur inspirerait d'arrêter le jeu. Aux lieux où je craignais de sombrer il m'était évident qu'ils revenaient. J'ai soulevé les paupières mais sans m'éveiller jusqu'au fond, sans doute, puisque je voyais se superposer à la vision, d'abord, puis aux objets familiers qui la dissipaient, une minuscule créature, nue, une femme qui se dressait au bord de ma main droite. Sa tête s'auréolait de crins blonds que, d'un léger mouvement de l'index je pouvais effleurer et que je touchai, en effet, par un effort démesuré, car mes bras restaient plombés dans l'inertie de ce demiréveil. Après, rapprochant l'ongle de cette chevelure, je m'avisai qu'elle se déroulait pour le suivre comme une fumée d'or qu'une influence profonde faisait adhérer à mes moindres gestes. J'eus le temps de former un vague sentiment de dépit devant l'inconsistance de cette toison ensoleillée. Mais un effort pour la saisir des yeux et m'éveiller davantage me pénétra entièrement, emportant la vision qui avait *pétrifié mes yeux*.

Les faits les plus innocents, les mieux liés à leurs causes paraissent se subordonner à des relations souterraines dont notre âme aurait fourni le tracé. Intervenant dans un monde refroidi, ils adhèrent cependant pour une période très courte à des vœux que nous formions à leur propos. On dirait qu'ils se sont rencontrés en nous cherchant et, tout en se pliant à des lois physiques, se sont, loin de nous, arrangés déjà à la manière d'un rêve. Enfin, ils ont été notre souvenir avant de nous être aventure. Chacun connaît dix exemples de ce miracle apparent qui jette un doute si vif sur la vision commune du réel : une lampe éteinte depuis une semaine se rallume devant l'inconnue qui cherche notre porte dans l'ombre... Mais ces faits nous laissent une déception étrange : gages évidents d'un ordre inconnu, ils ne se revêtent d'aucune couleur affective particulière, ils nous font douter de notre raison sans nous avoir, un seul instant, prévenus contre elle. Leur étrangeté ne nous surprend qu'à la réflexion. Le merveilleux ne suit pas les routes de la poésie et celle-ci ne s'accommode que de son image. Si nous voyions un homme sortir d'une tombe, nous le prendrions pour le fossoyeur.

C'est le soir. Un air de Brahms passe sur les ondes. les couleurs de l'hiver rayonnent sur des tableaux que ma garde a approchés de mon lit. Une fille transparente a laissé sa voix dans ma chambre et le souvenir de son sourire hésitant qui tient sa bouche entrouverte comme le mot le plus difficile d'une langue étrangère. Des avions vibrent au-dessus des toits. Il me semble que mon attention desserre et élargit l'espace et qu'elle sépare un peu ses beautés sur le pressentiment de ma voix. Mais cette impression me laisse une espèce de meurtrissure. J'entrevois la splendeur de ce qui m'environne comme une silencieuse éclosion dont je touche le fond avec mon impuissance poétique.

Suis-je la mort de ce qui ne trouve pas son éternité dans ma voix ? Je pense à la beauté des femmes qui sont mes amies et me sens au milieu de tant de merveilles diminué et réduit à rien, comme un insecte devant la roue éclatante d'un paon, et la menace de son bec. Peindre ce qui m'entoure jusqu'à ce qu'il n'y subsiste plus rien de moi ! Le destin m'a tout pris pour que mon amour ne soit que l'ombre de ce qu'il aime.

La pensée de l'homme veut rester informe, elle échange ses mots contre leur effigie courante, comme un homme vend sa campagne et enferme le prix dans sa poche avant de s'enfermer lui-même dans la boîte roulante qui mêlera et démêlera les arbres, les routes, ne lui montrera que de loin les paysages dont il aurait pénétré le secret s'il était resté dans sa terre. *Le mot est son signe parce qu'il n'y a pas de place dans le monde où nous nous éveillons pour l'immensité qu'il est.*

Inspirés ou non, nous traversons des instants choisis, marqués par un vrai bonheur d'élocution. La conscience de notre individu grandit alors en nous chargeant d'une responsabilité qui la dépasse. La mémoire se dissout en nous, comme si, pour l'être démesuré que nous devenons, elle était un secours inutile, une vaine invite au silence. Celui que nous avons été, et qui dure à travers nous, est présent par le dedans de son être. Il est nous, non tel que nous sommes, mais tel qu'il nous fait et s'égale à ces événements qui nous épouvantent pour trop nous ressembler, et incarné à notre personne par la responsabilité à laquelle il nous éveille. J'ai connu ces instants où nous viennent aux yeux des larmes de pitié et qui nous montrent des orphelins dans nos semblables. La parole, enfin, règne en eux sur la pensée.

Ce fut quelquefois dans la convalescence d'un mal mortel, quand mon être de toujours qui m'avait laissé seul avec ma peur de la tombe, m'atteignait, me traversait sans se révéler et montait en moi m'emplissant au passage de sanglots tumultueux, jusqu'aux hauteurs silencieuses où ma mémoire ne le suivait plus. Nos chants de poète, un jour, parleront à cet *être aîné,* responsable de tout ce que nous fûmes. Notre parole n'est que sa promesse. Elle réussit parfois à nous introduire dans son silence éternel.

Ma vie disparaîtra devant l'esprit dont elle est la révélation. Il ne s'y produit pas un fait qui ne soit un trait de mon âme.

Purifier ma vie et que je n'aie qu'à ouvrir les yeux sur elle pour ne plus distinguer de ce qu'elle est dans mon cœur. Toute solitude est au prix d'un effort. Si on ne la reçoit pas avec le don des larmes, elle ne s'obtient que par le silence et l'élévation.

XVII

Tu absorbes l'image et l'image seule de la réalité qui allait absorber ta vie dans sa pesanteur, tu la mets au-dedans de toi à la mesure d'une âme qui s'éveille à la lumière et, avec le côté intérieur de sa nature élabore ou retrouve une vision purifiée de la vie. Ainsi la lumière est au-dedans de nous ce qu'elle est dans sa profondeur, dans son essence. L'âme contient des neiges éternelles et les cimes inaccessibles de ce que nos yeux ne trouvent qu'irréparablement lié au sommeil de la terre, à la gravitation du soleil souterrain.

Entre au-dedans de toi dans le château de chaque instant. Fais que l'acte où tu as part ne soit qu'en effigie l'acte que dans ton âme tu accomplis essentiellement. Il n'est de réalité qu'à ce qui s'opère dans le secret. Ce que tu fais n'est que son image. *Donne une source dans l'ombre à ces faits où la lumière ne doit saisir qu'un souffle.*

C'est une maison où m'enferme une peine. Le jour est triste de l'autre côté des carreaux. Avec moi des malheureux qui me gardent du fond de leur faiblesse. C'est un endroit où la force fait peur, la demeure des vaincus. « On le croyait méchant parce qu'il n'avait pas pleuré », dit une voix. C'est un monde pâle de souvenirs étranges et inconnus où l'on entre comme un homme oublié.

Ce qui fait la beauté de la vie que l'on imagine, c'est qu'elle n'est pas. On ne comprend qu'à la longue et pour ne plus l'oublier. Nous avons une âme où chaque objet, au lieu de n'être que lui-même dépasse son image et dissout son nom pour devenir une source de possibilités illimitées. Aussi ton logis, tes meubles, tes amis y sont en même temps que ton bien, les clefs d'un univers imaginaire.

Ou bien tu te fais mal avec cet univers fictif ou tu le fuis dans la réalité dont il est la paraphrase, tu te heurtes à lui, tu te brises.

Tout ce que tu touches est souillé par les images que tu lui préfères. Il faut que tu prennes, dans ton imagination, la place de ces mirages qui te font tant de mal, le réel se brise à sa nudité, mais ils sont, eux, la vanité du réel. Seulement ces mirages libèrent une immensité intérieure dont tu es libre de t'accroître.

Partir, s'enrichir, ne te laisse pas piper à ces appâts. Ce qui est beau, c'est qu'on en puisse rêver et que ta conscience, enfermée avec toi, puisse se tapisser de ces vues splendides, leur prêter sa capacité, qui, seule, t'intéresse, et dont tu dois faire un asile pour ta personne.

Ce qui est beau, c'est que tu sois à ton gré, demain, ou un écrivain vidé, ou une bête curieuse, ou l'homme capable de dominer ce choix et aussi haut que sa vie, dont *il a atteint merveilleusement ses limites en rapetissant sa personne.*

La vie est toute dans chaque individu comme l'Océan dans une vague. Dieu est en chacun de nous. Cela veut dire que dans chaque personne le nombre des jours vécus *forme le même total illimité.* Il faut, à chaque instant, incarner ce total si éclatant que tous les objets du monde viennent, dangereusement pour notre imagination, s'y mirer. Il faut l'incarner, au lieu de briser la glace pour voler à l'étalage.

Nous entrerons dans un monde plus tendre, plus naïf que celui-ci. On s'étonnera de n'y rien aborder d'exceptionnel et de sentir, au contraire, se dissiper dans la joie les élévations spirituelles qui nous semblaient préluder obligatoirement à des états supérieurs. Nous nous satisferons, soudain, de ne dominer rien.

Maintenant, les phrases en liberté que j'entendais vibrer dans la radio éteinte annoncent les phénomènes somnambuliques. La nuit dernière, entendant une voix inconnue annoncer « le premier et le deuxième voyant », j'ai su qu'une figure inconnue rôdait autour de mon corps.

Sous ma paume gauche tiédissait une large main d'homme que j'aurais serrée, si, entre mon pouce et mon index droits ne s'était glissée une menotte d'enfant, une bague au doigt. Après un vain effort pour baiser cette menotte, je la sens s'évanouir et, ouvrant à moitié les yeux, fixe mon regard sur une découpure de bois blanchie et ornée de sculptures qui, revêtue d'une lumière éclatante, ressemble aux plus belles œuvres d'Hans Arp et donne une idée de ce que produirait cet artiste s'il variait ses couleurs. Je me reprends, ma raison espère que mes yeux immobilisés et éblouis ont interprété de travers quelque objet familier. Mais en m'arrachant à l'inertie où ma forme seule veillait, j'ai plongé ma chambre dans l'obscurité ; le cadre de ma vie nocturne se reforme, et, comme si mon ombre l'avait tiré du sol, submerge avec mon regard l'objet multicolore et merveilleux que je vois encore briller alors que je ne le vois plus.

On m'a laissé seul dans un lit clos où mon infirmité m'immobilise. Écartant le rideau, une pauvresse avance sa tête suppliante vers moi avant de pousser tout son buste dans l'alcôve mouvante drapée autour de moi. D'une voix de mendiante de plus en plus encanaillée par des inflexions voluptueuses, elle murmure puis râle et me souffle au visage : « Une abeille dans le cou ! » m'écrasant bientôt sous le poids de son corps qui m'arrache des cris ; m'éveille enfin dans mon drap où je me débats : il est midi.

Cette nuit, j'ai vu en ouvrant les yeux un homme démesurément grand penché sur un manuscrit raturé que j'avais abandonné sur une table. Je n'ai pas bougé, j'étais un enfant malade que l'on surveille de haut, sans le regarder. L'homme dépassait la lampe de toute la tête et la lumière ne s'éclairait pas. Sur le texte, il promenait lentement les doigts de la main droite ; comme s'il n'avait pas connu d'autre façon de lire. Je n'ai pas eu peur, il était trop tard pour craindre, et le cœur serré, j'ai attendu. L'homme paraissait intéressé, il ne ressemblait à rien, grand et mince comme il était, noirâtre, et sa main appuyée à mon texte comme si ce geste l'avait aidé à se tenir debout. Il ne me voyait pas, mais il était là pour que je le voie. « Imbécile ! ai-je murmuré entre les dents. — Je ne te le fais pas dire », a répondu distinctement une voix, il n'est jamais qu'un homme au monde. » En même temps, le visiteur paraissait s'émouvoir et je me suis aperçu que sa taille se noyait dans les objets environnants et qu'il ne restait de lui que son buste et ses jambes, l'un dans les hauteurs de mon regard, les autres dans un monde plus ténébreux où se reformait déjà la vision familière.

XVIII

JE suis devenu plus capable de supporter et d'aimer la souveraine solitude du songe. Comprenant que ma liberté finissait avec sa fin, j'ai exploré de tous mes sens l'angoisse qui m'emprisonne à l'instant du réveil. J'ai su qu'elle avait la forme de la peur originelle, qu'elle était cette terreur même, prenant ma forme pour s'apaiser. Après, j'ai, de mon mieux, analysé cette horreur instinctive à quoi pèse l'immensité du rêve quitté et qui me blesse et me tourmente avec lui tandis que je m'assujettis aux misérables obligations du jour. Angoisse modèle qui nous pénètre jusqu'à l'écœurement de tout l'espace que nous perdons, se met en nous à la mesure d'une liberté qui se sépare aussitôt de nous et nous fait la proie de son fantôme. Une lumière sinistre éclaire la première pensée, trompe avec elle notre foi et l'arrête au soulagement hideux de la créature lasse de sa liberté et formée dans la peur de l'exercer contre soi-même.

J'ai su, un jour, que le réveil était la chute véritable, mais insensible parce que l'âme et la conscience y sont entraînées dans la même déchéance ; et se flattant ensemble de ne pouvoir tomber plus bas, réunissent toutes nos aspirations dans la fosse commune de la vie éveillée. J'ai compris ; mon regard conscient m'enferme dans une oubliette où la lumière entre de biais et tombe, comme par un soupirail, sur des faits enchaînés, ne m'accorde rien sans que l'espace me le dispute et m'en arrache la rançon.

Autrefois, je m'allongeais pour dormir, la face enfouie dans mon traversin, comme si mes yeux, avant de se fermer, s'étaient détournés de tout ; comme une pierre j'étais happé par le sommeil que je prenais pour une chute. Un jour, je me suis efforcé d'entrer, le visage haut, dans ce monde que l'on dit imaginaire et, comme je soupçonnais et soupçonne que l'attitude du corps oriente la pensée et dirige sur elle ou exclut les secours de l'imagination et de la mémoire, inspiré par la tentation providentielle de tenir tête aux agents de l'inconscient, de les provoquer en leur opposant au moins la mimique de l'attention, je cessai de donner à l'attente du sommeil la figure du repos ; me mis à l'affût de ce sommeil, assis au milieu de mes livres quand il commençait déjà de m'alourdir et l'attendant à mon banc de travail au lieu de me rejeter à lui.

La première expérience m'a apporté des résultats inespérés. Des impressions ressenties autrefois par hasard m'ont été plus profondément qu'à l'ordinaire sensibles et m'ont laissé plus de bonheur comme si les soins mis à les recevoir me les faisaient paraître plus naturelles.

L'événement s'annonce par une douleur qui m'éveille en se précisant et, sous la forme que lui donne aussitôt ma conscience, engage un nouveau songe où j'entre éveillé, avec tout l'horizon familier qui s'est reconstitué dans mes yeux ouverts bien qu'immobilisés. De part et d'autre du thorax, deux paumes imaginaires m'ont, comme en d'autres rêves, serré avec tant de force que ma bouche s'est ouverte sur un cri et qu'il a fallu, pour m'empêcher de le proférer, le souvenir d'illusions semblables et, dans ma raison déjà composée, la certitude qu'un monde s'ouvrait derrière elles... J'ai respiré, j'ouvre les yeux puisant dans la vue de ma chambre la force de supporter la douleur et je la sens alors durer, végéter dans mon inertie et y prendre forme. Entre mon oreiller et mes épaules, avec plus de force que devant, une masse vivante se glisse difficilement tandis que se transforme l'étendue qui m'entoure. Me détournant un peu de ce contact contre lequel une attention plus exclusive m'aurait conseillé de lutter, toute la maison se transforme et semble s'agrandir et se taire, édifier sur moi une solitude où le silence croissant de l'espace introduit la majesté et le moutonnement d'une mer. Un mot venu sur mes lèvres achève de me fasciner avec la vision de cet immeuble soudain ouvert à l'invisible et au rien. Ce mot, c'est l'absence.

Mes yeux reconnaissent les sculptures dressées sur la cheminée, les tableaux d'Ernst et de Fautrier qui me font face. Rarement il a fait aussi clair dans la clarté rose de ma veilleuse. Mes bras se déplacent lentement sur le drap et, sauf mes jambes écrasées par ma blessure et mes yeux pétrifiés, mes membres redevenus libres et un peu plus sensibles que d'habitude à la tiédeur charbonneuse de l'air reconnaissent ma position et me la rendent facile.

Mes paupières à peine soulevées admettent une lueur filtrée qui situe les objets, et orientent ma conscience vers le réveil sans l'arracher entièrement au songe où les membres restent baignés. À ma gauche et hors de ma vue, du poste éteint sortent des paroles que j'entends sans tout à fait les admettre, car elles donnent une forme concrète au doute qui m'est suggéré avec le rêve. L'envie m'est venue dans cet état de bien-être physique d'agiter mes jambes percluses, et, sans ouvrir davantage les yeux, j'ai soulevé à la fois les deux cuisses, les explorant avec les mains, comme un corps de secours, déjà séparé de ma chair malade. La conscience m'était entièrement rendue. Un sentiment de curiosité m'a fait palper mes mollets et je me suis rassuré en les trouvant pleins et nerveux, si différents des maigres tibias que m'a donnés le séjour au lit. Les doigts du pied sont souples, avec une petite blessure sous le quatrième. Cela dure. L'air s'épaissit autour de moi, se remembre sournoisement ; de la main gauche, je saisis sur mon drap une main qui s'avance prudemment, craintive, me semble-t-il. Mais tout cela reste trop prévu, la main attrapée est trop à la forme de la mienne. Soudain, une gêne presque douloureuse a de nouveau meurtri mes épaules appuyées à l'oreiller, comme si un sac de soldat avait été inséré de force entre mes omoplates et le coussin qui les soutenait, un corps étranger que mon poids ne meurtrit qu'en ses racines médullaires comme si j'étais couché sur des ailes mortes. Un mouvement trop vif de mes mains a fait bouger mes yeux qui m'ont rendu à la raison en retrouvant leur mobilité.

Tout le monde avait entendu parler de la petite pomme verte qui ne se mange pas. Vivait-on sous les ponts ? La nuit s'engouffrait sous les voûtes que les plus grands d'entre nous touchaient avec la main. Et, sur un fleuve noir que je montrais à mes compagnons, des pommes avaient roulé jusqu'au tournant d'eaux mortes où des jeunes filles se penchaient pour les ramasser. L'horizon était bordé d'arbres maigres, fuselés par un vent de pluie. Un marinier debout près des eaux frissonnantes, désignait les pommes que ces fillettes devaient choisir, les fruits tombés des arbres les plus hauts et qui roulaient, maintenant, avec l'eau noire, sur la parfaite image de ces arbres nus.

TROISIÈME PARTIE

L'hirondelle blanche

I

Je voudrais voir les choses et les faits comme les verrait mon porte-plume si je lui prêtais mes yeux. Écrire comme peint Jean Dubuffet.

Je manipule avec maladresse un stylo que j'essaie en vain de garnir. Un homme ricane derrière sa main qui me cache ses traits. Je ne m'en absorbe que mieux dans la manœuvre du piston qui n'aspire pas l'encre sans s'environner d'une dangereuse flamme bleue, alcoolisée ; et ne veux pas convenir, même en voyant fondre le récipient de verre, que l'ustensile est perdu. Il me faut enfin lever la tête. Le gérant de la papeterie se débat contre un redoutable contrôleur qui prétend lui saisir plusieurs grosses de stylos et répudie l'argument qu'ils ne sont pas à vendre. Aussitôt, je témoigne que le marchand m'a refusé, en effet, un beau porte-plume violet et, même, me montre jaloux de l'évêque à qui on a alloué ce joli objet. Mais il faut obéir et suivre au commissariat ce contrôleur autoritaire qui commence à m'effrayer par sa ressemblance avec une momie. Je déposerai entre les mains de la police ce livre qui ne m'a pas quitté et une bouteille de l'eau souillée où j'ai nettoyé mes instruments.

Ce livre est une édition anglaise des *Upanishads,* dont on a arraché la préface, mutilation qui réduit l'ouvrage à rien. Le contrôleur accueille mes cris et mes larmes avec une sérénité bienveillante.

À l'heure du sommeil, sous ma main qui détache une prise de courant, jaillit une étincelle bleue qui, quelques longs instants, vit douloureusement dans la menace du silence noir. Jusqu'à ce que le poêle, mystérieusement remis en marche, ait agité sa rumeur rassurante dans ma chambre, qu'il jonche de lueurs mauves. Puis, le vent est venu, le miracle d'une feuille morte jetée dans les vitres, l'espoir que la lumière de demain viendrait du ciel.

Il a plu. J'entends le vent, très loin, très au-dessus des nuages. Dans la chambre où je suis il entre une lumière qui a marché sous des arbres. Je suis malade, mais autrement, sans ce souvenir d'un choc initial qui est peut-être tout ce qui empêche ma vie d'être comme dans le rêve, une longue paresse heureuse.

Vivre sans obligations, en m'éveillant et m'endormant à mon gré au milieu des tableaux les plus beaux, favorisé d'une liberté en échange de quoi j'eusse tout donné, même mes souvenirs. Soudain entre ce rêve exaltant et ma propre vie j'ai senti la présence frissonnante de cet être qui m'empêchait jusqu'à présent de les unir et qui, enfin, cédait, se révélant par sa ruine. J'ai failli pousser un cri. « De quoi sommes-nous prisonniers qui n'existe que pour notre imagination la plus vaine, celle qui se tisse avec l'habitude. » Comme dans le rêve où la profondeur des impressions se délivre de leur cause superficielle je voyais passer la figuration de la vie au large de la douceur de l'éprouver.

La médiocrité du monde tient à l'imperfection de notre vision, à notre *incapacité d'attention.* Notre vision des faits demeure vague et brumeuse, pareille à la perspective creusée dans la nuit par les phares d'une auto, et si imparfaite que l'imagination du conducteur doit sans cesse interpréter et paraphraser les signes aperçus. De nuit, on ne voit bien une route qu'en s'arrachant à ce qu'on en voit.

Ainsi aveuglé, l'homme demande à son imagination de lui ouvrir un monde pour balancer les insuffisances de celui qu'il entrevoit. Le même qui découvrirait avec plaisir les horizons successifs de sa Bugatti se figure qu'il touche le but plutôt que de supporter la tornade lumineuse des arbres jetés dans son sillage.

Adaptée à la vie dont elle réfléchit tous les faits, la pensée s'interdit d'en faire la somme. Nous ne voyons que le fait dans un fait, nous

nous interdisons d'y déchiffrer un épisode d'une vie vouée à la mort.

Notre pensée ne veut pas être la pensée de notre vie. Nous regardons passer les choses pour oublier qu'elles nous regardent mourir.

La nudité n'a pas de sexe, les larmes non plus, la transparence est l'âme de ce qui appartient à la vie sans passer par la différence des corps.

La vérité que nous comprenons n'est que l'image de celle qui nous inspire.

II

DANS leur couleur rouge ou rose ou bleue les fleurs épanouissent une profondeur légère où la lumière entre à moitié dévêtue.

Labourée par les saisons, la terre se retourne dans la vie du feuillage et des eaux, elle respire, dans cette surface souterraine et éparpillée, les teintes de l'arc-en-ciel.

Frappée de plus haut, par un soleil vertical, elle se couvrirait, horriblement de fleurs charbonneuses, d'arbres couleur de sang séché.

Il nage des éléments du jour à la surface des végétaux. Plus profond que la terre meuble, le corps a des profondeurs huileuses, minérales. Dans ce monde où l'ombre n'est que l'aube du noir, une nuit sans fond nous habite ; et le soleil qui dore les blés la fait écumer, mon cher amour, sur ton épiderme couleur de crotte.

Il ne fait pas nuit sur la terre ; l'obscurité rôde, elle erre autour du noir. Et je sais des ténèbres si absolues que toute forme y promène une lueur et y devient le pressentiment, peut-être l'aurore d'un regard.

Ces ténèbres sont en nous. Une dévorante obscurité nous habite. Les froids du pôle sont plus près de moi que ce puant enfer où je ne pourrais pas me respirer moi-même. Aucune sonde ne mesurera ces épaisseurs : parce que mon apparence est dans un espace et mes entrailles dans un autre ; je l'ignore parce que mes yeux, ni ma voix, ni le voir, ni l'entendre ne sont dans l'un ni l'autre.

Il fait jour ton regard exilé de ta face
Ne trouve pas tes yeux en s'entourant de toi
Mais un double miroir clos sur un autre espace
Dont l'astre le plus haut s'est éteint dans ta voix.

Sur un corps qui s'argente au croissant des
[marées
Le jour mûrit l'oubli d'un pôle immaculé
Et mouille à tes longs cils une étoile expirée
De l'arc-en-ciel qu'il draine aux racines des blés

Les jours que leur odeur endort sous tes flancs
[roses
Se cueillent dans tes yeux qui s'ouvrent sans te
[voir
Et leur aile de soie enroule à ta nuit close
La terre où toute nuit n'est que l'œuvre d'un
[soir.

L'ombre cache un passeur d'absences embau-
[mées
Elle perd sur tes mains le jour qui fut tes yeux
Et comme au creux d'un lis sa blancheur consu-
[mée
Abîme au fil des soirs un ciel trop grand pour
[eux.

Il fait noir en moi, mais je ne suis pas cette ténèbre bien qu'assez lourd pour y sombrer un jour. Cette nuit est : on dirait qu'elle a fait mes yeux d'aujourd'hui et me ferme à ce qu'ils voient. Couleurs bleutées de ce que je ne vois qu'avec ma profondeur, rouges que m'éclaire mon sang, noir que voit mon cœur...

Nuit du ciel, pauvre ombre éclose, tu n'es la nuit que pour mes cils.

Bien peu de cendre a fait ce bouquet de pau-
[pières
Et qui n'est cette cendre et ce monde effacé
Quand ses poings de dormeur portent toute la
[terre
Où l'amour ni la nuit n'ont jamais commencé.

Je bouge à peine, mes yeux sont tristement ouverts sur ma chambre que je revois ; ma main gauche, aventurée sur mon avant-bras droit s'étonne à peine de saisir et de caresser une très fine main de jeune fille enfant. Le temps de sourire sous cape aux nuits pas si lointaines où des faits semblables me secouaient d'horreur. Un sentiment de fierté, de confiance dans la sympathie des êtres rêvés qui me trouvent si calme devant leurs audaces, je caresse un bras un peu court, mais charmant et très doux, cependant que mon visage s'anime et se sensibilise comme si tout son épiderme s'était doué à la délicatesse qui n'appartient qu'aux lèvres. Des joues de très jeune fille caressent les miennes, s'inclinent vers mon baiser, je les devine, je les vois. Elles sont potelées, presque à l'excès, mais sans rien perdre de leur charme, comme ces têtes de porcelaine que l'on donne aux poupées. Un long moment que nous nous caressons, je m'étonne que cette femme enfant aux mains courtes et cependant fuselées soit à peu près nue avec tant d'innocence. Je trouve tant de bonheur à la serrer contre moi que j'entends à peine les hautes voix masculines déchaînées à ma gauche et que je ne sens presque pas le bras d'homme qui vient de se poser sur le mien.

III

QUE ma vie referme son vol hors de moi, dans une conscience affranchie de sa gravitation matérielle.

J'apprends à écrire. La lumière danse à la surface de ce qui me touche comme le jour à la surface des flots. Les choses que je vois chatoient, ne m'apparaissent qu'à la faveur des regards qu'elles échangent, comme si je n'ouvrais mes paupières qu'autant qu'elles se séparent sur ce qu'elles laissent voir du jour. J'avais écrit que le regard était en moi le produit d'une contemplation, mais c'est par un phénomène dont ma vision n'est que l'image. Nous voulons que la réalité soit en nous l'éclair qui la révèle à elle-même et n'être nous que hors de nous... C'est le soir, mes vitres sont ouvertes, je ne veux plus de la lumière trop vive, il y a une intensité lumineuse à atteindre, à régler. À la ressemblance de l'hirondelle, un mouvement de houle insensible anime le long flot du jour et paraît le soulever au-dessus de la vie, unissant l'étendue du temps à la profondeur de la lumière, créant hors de moi l'unité de ma vie à qui n'étaient naturellement fournies que des concordances empoisonnées... Enfin, enfin, je rendrai à mon être ses étoiles d'eau et de vent et de jour pur, enfin, briser les étoiles de pierre.

Créant hors de moi l'unité des faits dont ma vie était seule à assurer la concordance et la mariant à elle-même dans une unité dont je sens la fraîcheur sur moi comme le reflet d'une étendue marine. Ouvrez la fenêtre, ce que je suis bat mon front, la masse de ce que je suis heurte ma poitrine comme l'haleine du flot...

Il faut que le jour soit enveloppé dans une pensée... J'écoute les autres se heurter à des faits, leur donner le poids de ce qu'ils pèsent eux-mêmes à la terre. Rendre à la vie la légèreté de ce qui nous la donne et nous l'enlève. Pourquoi attribuer à tout ce qui advient le poids d'un arrêt ? Nous accueillons ce qui naît comme si nous devions en mourir.

Une autre vie commençait. Comme la pointe d'un feuillage dans le brouillard qui touche les branches, un miroitement dorait les objets au passage d'une voiture qui faisait vibrer les fenêtres. Il n'y avait plus d'étendue dans l'air, une poussière tombait du vent. Dans tout ce qu'on touchait languissait quelque chose à recueillir.

Nous sommes formés et entourés d'une seule et même lumière dont nous incarnons l'éloignement infini. *Toute étoile flotte toujours à l'horizon et on ne s'en approche jamais, même quand on l'habite.* On y aborderait en se quittant, peut-être, ou dans les paroles où la pensée prend notre place et pèse déjà notre chair sur les balances du sommeil.

Chacun est cet individu qui ne touche pas un autre être sans rouvrir en lui-même l'abîme qui les maintient séparés. L'homme atteint la créature qu'il aime dans l'illusion qu'il ou qu'elle n'est plus. D'où m'est venu mon regard que je sentais autrefois *exténué par la distance?*

Si l'imagination a des ressources insoupçonnées, il faut les employer à s'explorer soi-même et jamais plus à rapprocher arbitrairement un fer à repasser et un faux col en Celluloïd. L'impossibilité de trouver jamais du gratuit dans les rapports les plus hasardeux ne nous enseigne-t-elle pas que l'imagination d'un homme n'épuisera jamais la notion intérieure de son être ?

Il est des vérités que la vie aide à porter leurs fruits ; et d'autres sur lesquelles elle passe comme un vent glacé. Elle fait peser sur elles les rigueurs du ciel, met leur plus pure fleur à distance d'hiver. Que de certitudes saisies dont j'ai dû me dire : « Pour ne m'être plus refusées, elles sont à renaître. » C'est que déjà elles s'étaient heurtées au réel. *La vie n'est pas faite pour être cette vie.* Comment rendre cette pensée transparente au désespoir, à la douleur, à l'espérance, à tous les sentiments qui nous sont la révélation de notre être.

Peut-être que les choses sont parce qu'un être sans réalité s'y élève, à travers l'homme, à la contemplation extérieure d'un Dieu auquel il ne peut s'unir.

Exilé de l'être dont tu as le sens et où tu voudrais être contenu ;

heureusement, le sentiment que tu as de ton être ne se confond pas avec l'amour que cet être est en toi. Cette angoisse perpétue en toi le drame de ta naissance.

Trop heureux si tu comprends que le drame de naître prime dans tous les actes le sentiment que tu agis. Ce drame devance ta personne dans tous les faits dont tu reçois la vie.

Né difficilement et comme à l'agonie, tu ne traverses qu'en somnambule les faits où tu vas lentement te désensorceler.

Tu meurs parce qu'il y a dans ta vie bien des choses dont il faut que tu sois la mort.

Ma mort n'est pas la mort. Elle est la mort de tout ce que j'ai vécu sans l'aimer. La mort des choses pour quoi je n'aurais pas su mourir.

Me voici dans les hauteurs de cet édifice qui ressemble à une cathédrale. Sur une tribune d'où je vois des officiels assis à une longue table, un jeune peintre veut me retrouver. Il me prépare tristement aux adieux publics qu'il m'adressera tout à l'heure en me remettant un tableau de sa main.

Nous sommes émus et prêts aux larmes tandis qu'il attache à mon cou un collier de cuir où il a peint des oiseaux. Je me demande si je dois et je peux parler.

On m'a déplacé. Après avoir parcouru des salons, en équilibre sur mon fauteuil que mon poids tend à renverser, je me retourne et, de l'altitude où je me tiens, considère, plus haut encore, le plafond jaune de l'église, émerveillé de respirer si bien quand je vois de si près un plafond plus élevé que tous les toits du monde et le visage énorme du Crucifié que je pourrais effleurer en étendant le bras. Je dis ma joie à Kriya qui m'écoute attentivement, puis me remontre qu'il me faut traduire mon impression par un signe graphique qu'elle va m'apprendre, bien qu'il soit le plus difficile de tous à tracer.

À l'encre, sur une feuille, elle dessine un cryptogramme allongé fait d'une verticale où s'appuient deux pattes d'araignée ; K. observe aussitôt que ce signe évoque un danger, mais aussi la chance d'un unique bonheur par la victoire qu'il aide à remporter sur lui. Poursuivant sa démonstration, elle m'apprend que sous une autre incidence, le même caractère signifie surprise déjouée et elle dessine vite et bien un homme qui court prévenir deux amants du scandale qui les menace. Ou bien encore, commence-t-elle... Mais il est trop tard. Comme une prémonition de mon éveil imminent, mon infirmière, dans une tasse de thé qu'elle me tend noie, difficilement, un énorme bloc de sucre flottant et que le chaud liquide d'or n'aura pas entièrement bu quand mes yeux se seront ouverts.

IV

Le monde est plus grand en moi que dans le monde. Mais je suis chassé de la réalité qui s'étend dans mon cœur ; et je fais partie de l'univers qui s'est rapetissé pour m'apparaître.

Telle est ma liberté où je fais naufrage. Si le corps n'est pas la proie de l'âme, il est sa prison et sa mort.

J'ai voulu m'évader des lieux où chaque créature nous cache ce qu'elle deviendra pour nous, étreindre à le briser tout ce que j'ai saisi et toucher avec lui le fond de mes regards, toucher mes yeux dans ce que je voyais, mon oreille dans ce que j'entendais, comme un corps qui me fît oublier le voir et l'ouïr.

Et trouver enfin, comment le dédommagement d'un monde où je ne reconnaissais que moi, un être qui fût ma conscience quand je ne me connaîtrais plus.

Je touche les roses que Blanche-Abeille m'a apportées à l'occasion de mon anniversaire ; afin de les interroger je détache machinalement leurs pétales. Je partage ma vie avec ce qui devient, jamais avec ce que je suis. Vendu à mes regards, à tous mes sens, je m'enfonce dans les dimensions minuscules allouées par l'éloignement, inquiet de mesurer à ce rapetissement l'immobilité où je suis retenu. L'homme vit le plus près possible de tout ce qui est au monde, comme s'il avait froid. Il va vers les choses, mais il craint les faits et surtout les malheurs comme s'ils allaient le reconnaître ; et du chagrin qu'ils lui apportent il se grise, afin de ne pas les voir, de ne pas avoir à les nommer. Ce n'est pas d'eux que lui viendraient les larmes. La douleur durcit les yeux de l'homme qui n'est plus que son frère mineur.

Écris ce que tu auras créé de plus fort et par rapport à quoi tu sois, avec toute ta vie, fragile comme une ombre. Sache le rendre invraisemblablement beau et si pur qu'un homme se dise en le connaissant : « Si ceci est, je ne suis pas » aérien et léger : enfin, fais-en le songe d'un être plus réel que toi.

Obtiens l'union majeure de la parole et du fait en devenant objet dans le monde dont tu es la voix.

La vie que les mots nous ont promise ne se substitue pas à eux sans se dégrader. Le langage n'est pas contenu dans la conscience, il la contient.

Cette certitude entraîne une révision des genres et annonce le bouleversement de la poésie.

L'expérience du langage enferme toutes les autres, et celui qui l'aura menée le plus loin dans le monde des choses sera aussi le grand écrivain du sommeil, Francis Ponge, peut-être.

Après avoir écrit à une femme « Je te prendrai dans mes bras » je n'ai plus que son fantôme à saisir, à moins que je ne sache me faire fantôme pour l'approcher.

Le style d'un écrivain est son sixième sens.

V

J'OUVRE mon courrier dans l'ombre. Il n'y a pas assez de clarté sur moi pour m'aider à reconnaître les écritures, et si je puis lire sur un faire-part le nom de ce très jeune enfant, c'est qu'il est calligraphié dans les hauts caractères réservés à ceux qui ne sont plus que leur nom.

Ce vendredi de grand soleil est meurtri par la mort que j'ai apprise. Le jour a perdu sa fraîcheur. Mais cette mort laisse derrière elle une ombre longue et comme prête à s'envoler.

« Tu pleures la mort de ton enfant. » J'avais grandi dans la joie, dis-tu, pourquoi ai-je vieilli dans la peine ? « Ne s'agit-il donc pour toi que de prendre agrément à cette existence qu'il te faudra bien abandonner un jour ? »

« Plutôt n'être jamais né que de me trouver mal à l'aise dans mes jours et d'entendre l'avertissement qu'ils se détacheront de moi. — Ta vie est plus réelle que toi, tu te perds en te refusant à elle quand tu devrais assez la comprendre et la concevoir pour que ta conscience ne s'en distingue plus. Deviens l'homme de tes malheurs, apprends à en incarner la perfection et l'éclat. »

« Doué d'une double vue, tu dirais à bon escient : Les faits collaborent avec moi, ils m'aideront à accéder à moi-même. C'est entrer dans ma vie que de me connaître dans mes épreuves. Si je me trouve digne d'une couronne, j'ai souhaité de combattre un géant couronné.

« Ce qui t'advient, tu l'avais souhaité. Ton enfant est mort de vœux que tu formais dans l'ignorance et dont l'accomplissement était à ce prix. Il est mort de ta façon de concevoir ton existence. Nous sommes faibles et neufs devant notre malheur, mais nous avons voulu, du fond de notre cœur obscur, un avenir qu'il nous apporte et nous cache. Toute créature souhaite plus loin qu'elle ne sait. Ses paroles, sans être entendues d'elle, prient les figures qu'elle aime, aux plus beaux yeux du monde elle voue ses heures d'éternité sans soupçonner de quel martyre ils sont l'enseigne redoutable.

« Pleure, s'il te plaît, tes déboires sont le pain quotidien d'une âme noire et terrible qui soutient ta volonté et suspend tes défaillances à ses faibles étoiles. Crois-en tes sens. Une sorte d'allégresse s'éveille dans les détours obscurs qui t'emportent brisé vers une cime à atteindre. Dans la plus amère douleur, où tu es déjà la conscience de ta force, tu pressens ce qu'elle fera de toi. On dirait que tu mesures, dans une ivresse, une plénitude que tu avais reniée, pour venir au monde, aspirer à elle. »

Des dettes, des maladies, des deuils, les mêmes dettes pour tous, les mêmes deuils.

À ton tour de payer, de pleurer leurs larmes. Tu entres dans leurs maux, efforce-toi de les faire tiens.

Il grêle sur les moissons, les tiennes n'ont pas été épargnées. Tu clames que cela n'arrive qu'à toi comme si tu avais attendu de cultiver l'avoine pour te savoir vivant. Aurais-tu, par exception, vu le jour dans les emprunts que tu as dû contracter, es-tu né de ta fièvre, ta ruine t'a-t-elle mis au monde ? Ne vas pas graver ton nom sur des malheurs qui n'ont pas d'yeux pour te connaître et qui traversent d'un même pas la vie de tous les hommes, indifférents à leur cœur et suspendus à la course d'un astre mort.

Le même gémissement, vieux comme la mer, passe à travers les cahots qui, d'un an à l'autre, nous réconfortent ou nous brisent. Nous enfonçant à chaque pas, nous progressons à travers le même désert de sable et de sel, que nos parents ont foulé avant nous. Il ne garde pas la forme de ce qui nous avait menés à travers lui. Qu'un bonheur te soit rendu, un ami enlevé, ces événements se rapetissent sous tes pas, ils s'élevaient sur les cendres de ceux qui les avaient subis avant toi. Leur vouer ta vie serait te renoncer et entrer vivant dans la matière qui n'est pas où l'on croit, mais dans le chaos qui décrit sa prétention à la vie. *L'être est la manifestation de la justice, de la vérité, tu es sa limite, voué ainsi à l'erreur, à l'infortune, à l'accident sans âge qui sont les fondrières de l'unité.*

Ne confonds pas ta vie avec les douleurs qui la remplissent. Ton enfant est mort, hier, vieille histoire. C'est un fait si mort que tu ne pouvais le voir quand tu t'orientais vers lui, attiré par ta propre vie qui se faisait sur lui plus resplendissante. Tu marches, sans le savoir, dans une clarté que rien d'humain ne sépare de toi. Tu as choisi tes malheurs en choisissant tes forces, *tu les as voulus avant de te connaître.* Tes yeux prenaient le jour à sa source, ta vie a dû se détruire pour les approcher de lui. Tu t'es voulu tel que tu es, c'est un marché avec l'absolu dont ton existence doit payer le prix.

La matière est invisible. Ce que tu appelais de ce nom n'en est même pas l'image. La vraie matière est recouverte. Il faut que ton âme se mêle à elle pour te la montrer.

Tu es l'union de ton âme et de ton corps et, pas plus que ton âme, ton corps n'existe hors de cette rencontre. Ouvre les yeux, tu ne vois rien, le monde est l'image de ton regard. Si la mer voulait connaître la mer, elle ne verrait que le ciel.

La matière est enveloppée dans l'âme et c'est en connaissant son lien avec elle que celle-ci se connaît et la voit. Sur le corps refroidi de ton enfant, tu aperçois la mort, le symbole de votre séparation. En vain, te représenterais-tu la matière sous l'aspect de cette pâleur. Seules, peut-être, tes larmes sans âge resemblent un peu à cet élément introuvable qui éclôt au fond de ta peine comme un coup de cloche perçu à travers des siècles. La matière est ensevelie dans les faits qui t'incitent à la dominer, elle est la rencontre de ce qui te met en larmes, non tes pleurs, mais le poids des pleurs.

Matière, existence satellite de la tienne, chaos voilé sous une image de l'âme et visible seulement à sa lumière, mais chaos maternel dont la rencontre fait toujours écho à ta naissance.

Tu avais aimé dans ta fiancée la pâleur et la mort de l'enfant qu'elle te donnerait. C'est par amour pour ton âme que tu es entré dans le malheur dont elle incarnait le pressentiment.

Tu additionnerais sans fin les faits de ta vie sans réussir à te retrouver. Leur contenu ne te contient pas. Ils sont ce qui te manquait pour égaler ta volonté avec ta vie qu'ils incarnent aveuglément comme une réalité lunaire qui te rendrait fou si tu te confondais avec elle.

VI

IL me devient difficile de me plier à une lecture. L'homme qui vieillit ne peut plus penser sans relever le front. Je me dresse comme si je voulais m'arracher à mon lit, je fixe les yeux devant moi pour y découvrir des hommes à reconnaître, et je rassemble mes forces afin de voir plus loin encore, le point où je voudrais les jeter avec ma voix. Je souhaite que ma pensée éclate partout où les hommes ne parviennent qu'en s'élevant.

Je loue mon existence qui a fait ma personne légère comme une ombre au sein de ce qu'elle me découvrait. Je dois à ma blessure d'avoir appris que tous les hommes étaient blessés, comme moi. Le corps qu'ils traînent n'est qu'un rayon brisé et déchu, ranimé, sans doute, mais jusqu'à un certain point, par l'irréalité des images qui l'éveillent à lui-même, mais bientôt forcé de trouver au-dessous d'elles une inertie parente de la sienne, la réalité, comme nous disons, son tombeau. J'ai été blessé pour connaître le secret des choses, qui sont aussi la lumière déchue, mais, heureusement, oublieuse. J'obéis à cette évidence. Je vais vers le jour. Non afin de m'élever, ce qui vit a franchi toute mesure. Mais pour reconnaître dans tout ce qui respire une perfection dont mon âme n'est qu'un détour. Ma personne n'est qu'un être d'emprunt. Dans tout ce qui l'éprouve il y a une partie qui souffre en mon nom, moins grande, cependant que le fait plus haut et neutre où j'entre sans moi, adhérant, déjà à cette forme de l'existence où le « je » ne s'oppose rien.

J'entends mieux le sens du mot devoir. Mon devoir ? Ce fut, d'abord, de dépasser la douleur et j'ai vraiment sauvé mon cœur de sa peine, de ramasser ma vie dans la boue et de rendre évident que si elle est, elle est un rayon. Je vois ma tâche.

Ma faute serait de croire que ce que je possède m'appartient. Tout ce que je suis m'est donné dans un miroir et est bien tel que je le vois, mais, seul réel, me force à ne toucher de lui qu'une image. C'est que la mort est en moi. Qu'elle m'emporte si je n'accepte pas de l'épouser. Quand je touche un objet, elle abrite mes regards de la main pour me permettre de le voir.

L'être est indivisible. À prétendre qu'un être est, on lui donne pour contenu tout ce dont on conçoit l'existence. Mais comment dire cela de sang-froid. L'affirmation de ma pensée m'enveloppe de toute l'existence, introduit celle-ci dans une négation. Rien ne peut assurer l'existence d'un homme que ce rêve d'exister qui brûle dans ce qui n'existe pas. Toute parole n'est que son écho et vit de la parole qui la dément. L'essence de la vie consciente est dramatique.

Aussi y a-t-il une façon de dire les choses qui les détemporalise, referme sur ce qui passe le cercle de ce qui est. Les faits n'absorbent la totalité de l'esprit qu'en la recevant pour sujet. Ne te tiens pas sur le seuil : entre dans la maison obscure où tes yeux brillent du feu qui te réconforte. La plénitude de l'être te fait scintiller dans le noir parce que tu fais ton unique pensée de ton ombre. Crois, le ciel est de la nuit voguant vers plus de nuit. Être n'est rien que croire. Sois, sois le salut de ce qui te brise ; et la mort qui voudrait te saisir entrera dans la mort. Si tu t'échappais, l'éclair s'entourerait pour te connaître de la lumière qui couvrait le ciel, l'espace même te frapperait au front.

Que les douze heures de chaque soleillée se prennent pour une seule grande fille et qui mène le temps au lieu de lui céder.

Ce que je vois n'est que mes yeux, devient en moi regard. Un être toujours présent ne voit que moi dans ce que j'écris.

Mal né, mal grandi, fermé aux échos qui doublaient ma vie d'une allusion continuelle à sa destinée véritable, je me rassure en choyant ma mort où je pressens une façon plus naturelle de naître. Elle est, à peine consentie, la profondeur miroitante qui réfléchit sur les personnes et leurs actes la clarté qui les rendait vivants. Pas plus et c'est beaucoup, je ne l'oublierai plus. Il me semble que mon existence se changera en une suite de fables.

Je ne suis pas intéressant. Ma vie se remplira d'attrait quand je ne m'y reconnaîtrai plus. J'agis et le contenu de mes actions rêve de ma présence et, lentement, éveille pour m'attendre ce que je suis sans le savoir. Il faut cependant repousser le désir de communiquer ces expériences ; elles ne comptent que vécues. Un jour viendra, bien proche peut-être, où je lirai dans ma vie avec mon amour et la mort m'apparaîtra alors ce qu'elle est, la mesure mystique des événements qui m'ont porté. Comme l'homme est bête et lent à s'aviser. J'ai failli me laisser enfoncer par mes jours, comme un navire sombrant sous le poids de ses voiles. Je n'ai pas compris que la poésie ne devait pas procéder d'une quelconque exaltation, ni, fruit d'une privation, témoigner contre ce qui est, mais commémorer l'engagement d'un homme qui s'accepte.

Nous quitterons cet hôtel, non sans tristesse bien qu'on nous y revoie tous les étés. Je répugne à boucler mes bagages et traîne, dans les dernières heures du jour, sur le seuil du restaurant, à regarder les hautes glaces bombées et les palmiers de l'entrée.

Nous aurons le temps, demain, de ficeler les colis. Un garçon vêtu de noir soutient le contraire. Demain marque le départ et la voiture m'attendra avant le jour. Je jette un coup d'œil découragé sur les livres à remporter. Si je ne devais empaqueter que les pages lues, mon bagage ne me pèserait guère. Ma mère me regarde, se plaint sans motif au lieu de m'aider. Pierre Sire se tient à mes côtés, il ne peut m'être d'aucun secours. Comment me charger seul de tout ce qui m'a suivi jusqu'ici ? Malgré l'opposition de ma mère j'appelle mon infirmière, et vais vers elle en élevant la voix, étonné qu'elle ne m'entende pas maintenant que je n'ai qu'à étendre le bras pour la toucher. Sourde à mes cris, elle se tient devant la fenêtre ouverte sur un glacier. Je la secoue en l'appelant une dernière fois et si haut qu'une voix très jeune répond au loin, fraîche, jolie. Et sur-le-champ je comprends pourquoi ma garde se tait.

Son regard s'absorbe dans un spectacle que je vais contempler avec elle. Un homme est étendu, les yeux clos, dans la neige, veillé par deux gardiennes, des femmes pâles, un peu dorées. Mais il me semble que mes yeux ont approché de moi cette vision ; et je comprends que cet horizon de neige est la profondeur argentée d'un miroir où je reconnais mes traits dans ceux de l'homme étendu. Devant cet intersigne je pousse un cri de joie : puisque ma mort me devient visible, elle n'est qu'une image. Je balbutie un adieu aux vivants, je dis adieu aux morts, je vois des tableaux que j'aurais voulu emporter, enfin, les mains nouées l'une à l'autre, je me raidis entre des bras qui m'ont soutenu. Tous les bruits s'éteignent à la fois, l'espace s'est durci et fait bloc avec ma chair où il m'emprisonne. Je ne sens plus que mon corps et commence à craindre de ne plus le quitter, le silence fait place à une peur froide qui inscrit dans mon immobilité la forme du tombeau. Je me ressaisis, me crispe, préparant un bond de côté qui mettra fin au sortilège.

Maintenant il entre du jour qui dore les tableaux voisins de la fenêtre. Ma garde n'a plus ses cheveux gris. Il ne fait tout à fait nuit que dans un coin de ma chambre où une main inconnue a planté les œillets rouges. C'est elle qui a ouvert la fenêtre. Cela l'étonne que je n'aie pas l'air surpris de la voir. Elle ne reviendra pas avant de longs mois, mais elle reviendra. On lui a dit que la vie était belle. Non ! la vie est ronde. Doit-elle remettre à sa place la chaise où elle s'était assise ?

Mon infirmière a remis un peu d'ordre.

— Donnez-moi, lui ai-je dit, la rose rouge qui fait de l'ombre sur les œillets. Je ne la vois pas de mon lit.

Elle me fait répéter ma prière, et me tendant la fleur : « Dans quelques années, me dit-elle, les visiteuses s'installeront plus près de vous. Elles n'auront pas plus de plaisir à vous regarder ; mais vous aurez plus de mal à les entendre. »

VII

ÉTÉ d'Orient. L'ombre emplit les maisons. On ne pense pas à nommer le délice de juillet, il ressemble à une saveur rare dans la faim satisfaite, on dirait qu'il active le rayonnement de toutes les maturités. Il est exquis de s'endormir et moins douloureux qu'à l'habitude de s'éveiller.

On disait la vie, c'était une grâce dont nous étions tout le poids, mais qui nous servait d'asile. Ainsi l'air tendre et riant d'un pays est déjà le langage auquel il tend des harpes invisibles et contient les paroles où il est contenu.

Que nous la menions ou qu'elle nous mène, notre vie ne nous sépare pas d'elle, mais notre union n'est pas si étroite qu'il n'y survive une conscience vague de son ajustement. Ainsi que dans un fleuve, où l'onde épouse le courant, il se creuse dans notre conscience un itinéraire intérieur dont nous ne nous distinguons pas ; mais qui, cependant, se trahit parce qu'il semble, tout à coup, nous conduire après le temps assez long où nous l'avons frayé. À peine avons-nous atteint le milieu de notre temps on dirait que notre ombre nous précède sur cette route aérienne où elle nous avait d'abord suivis et que nous redescendons derrière elle après l'avoir escaladée seuls. Au sein d'un corps qui se défait, ce qui lui donne la vie semble retourner sur ses pas et sous le fardeau de nos membres, remonter sa propre pente, *comme on ramène après le combat, un corps brisé dans un abri souterrain.* Puisse l'instant où je mourrai se poser sur l'instant de ma naissance, se faufiler avec mon souffle à travers lui et m'éviter toute lutte avec ce qui achève les survivants. Puissé-je succomber sous mon propre poids et ne livrer que mon cadavre à la mort.

Paroles où ce qui est ne se distingue plus de ce que je suis, et à quoi mes souvenirs ne pèsent que leur espoir ; la parole a les deux sexes : elle est mon désir d'enfanter des esprits et cet enfantement.

C'est en elle que je suis la manifestation et non le sujet de l'événement qui m'atteint.

Folie que de subordonner mes conceptions à une certaine idée de mon existence. Si j'avais mieux épié ma raison, je l'aurais trouvée plus libre de moi-même, plus autonome que je ne l'avais supposée. Le premier acte de la raison est d'admirer dans autrui ce qui nous paraissait en nous faible et imparfait, vagissant. L'homme n'existe tout à fait qu'en tant que produit de notre imagination et nous envions même aux choses ce relief que nous ne voyons pas à nous observer. Ayons le courage d'en convenir. L'homme n'existe que hors de lui-même, il n'est que le négatif de l'existence et ce serait pour lui un progrès marqué que de se supprimer tout à fait. Le paradoxe semble de taille. Notre existence serait-elle à conquérir ? Franchement je le crois. Nous sommes l'être à l'état de chute, de l'être en exil, aussi éloignés de la vie que le froid mortel à qui appartient cependant le privilège de purifier l'atmosphère et de donner la cohérence et la solidité à une masse d'eau. J'ai compris. Je veux recueillir mon néant à l'ombre d'une réalité digne de la lumière et forger de mes mains un objet qui efface mes traces.

Un jour peut-être tu accompliras un objet parfait et qui ne semble pas avoir été touché. Tu n'as rien de plus à faire, mais pas moins. Un poème, un conte, un texte qui garde son secret et qui restitue à Dieu, sans même te voir, ce que Dieu avait mis en toi ; un texte aussi parfait, aussi serré et irréductible qu'un mort. Combien restera-t-il de ces objets à la surface de notre époque ? Produits de ces créatures inachevées qui devaient rêver pour un peu se connaître et qui ont préféré laborieusement s'ignorer. Des éléments matériels de perfection te sont livrés en effigie, hors desquels ta réussite ne sera jamais accomplie. Les poèmes achevés ont des vertus, ils guérissent la douleur, ils anéantissent le mal que je pourrais faire. Je vois bien où réside la faute originelle. L'homme a voulu être. Or, il ne peut se survivre qu'en définissant son infortune et y donnant la mesure de son aspiration infinie. Subordonné initialement à ce qui l'avait créé, et libre et maître de son néant par sa faute, il lui reste à incarner sa subordination veuve, sa soumission sans maître, à la sceller dans un objet qui ait l'aspect d'une pierre. Le destin d'une créature c'est de ne se reconnaître qu'à ses tombes.

C'est ma volonté d'être qui fait mon néant. Tout homme est vanité, inexistant comme une ombre qui se ferait liberté. Parce qu'il devait son existence au jour, il a voulu partager son éclat et s'est perdu comme une fumée dans la fumée.

— Te sauver, toi ? Tu n'es pas. Tes efforts pour t'élever à Dieu agrandissent l'abîme qui vous sépare. C'est la terre que tu dois sauver, le caillou, la cendre. *Ton devoir est d'opérer le salut de l'espace et du temps.* Tu n'es même pas maudit. La malédiction n'est que le lieu de ta dérisoire et monstrueuse liberté.

Souviens-toi de tes souffrances. Tu disais amèrement : Je doute. Oui, toute la raison sera de douter de toi et d'écouter dans ta propre mort la voix de la grande institutrice. Ta mort est image comme toi.

J'ai douté de tout et même du témoignage de mes sens parce que je ne voulais pas douter de ma mort. Je suis le salut de ce qui a fait ma présence. Je peindrai le temps, je peindrai l'espace.

Un homme se connaissait comme le produit de ce monde. Il a voulu en devenir la conscience : une façon de rêver qu'il en incarnerait le salut.

L'apothéose de la connaissance exclut l'existence.

VIII

QUAND il connut sa vocation il comprit qu'il était poète, pour penser aussitôt qu'il n'avait plus l'âge de la poésie. Mais déjà, ce n'était plus de lui qu'il s'agissait, il venait de s'en apercevoir en comptant qu'il avait quarante-six ans. « Je ne suis pas l'enfant, se dit-il, je suis le frère de ce qui est, je suis l'incarnation d'une fatalité dont la vie est la forme sensible... » *Le poète n'a pas d'âge; il naît...* Voix des mers dans une nuit si claire qu'il n'est de bonheur qu'en ce qui dit souviens-toi ! Roucoulements dans le clair de lune dressé sur les pierres, face à l'étang, face à la mer plus loin, face aux yeux clairs du marin qui revient sur une chanson pendant que l'homme de barre se redit l'histoire du Meneur de lune. Voix des cloches, sur le village qui danse, il fait nuit, l'homme ne dormira pas encore, il vient de connaître qu'il est l'homme et né pour pousser le cri qui retentira avec la voix de la mer, avec le chant des lunes cachées derrière les grandes lames du ciel, avec le cri d'aigle du vent blessé par le feu du mât sur la mer qui souffre et scintille. Il ne connaît pas encore son cri, il vient de comprendre qu'il est né pour le proférer, il sait qu'il est poète dans l'heure qui lui apprend qu'il doit mourir et que toute sa vie est la réalité même des endroits qu'il aime pour n'en avoir été que la chanson. Faut-il appeler malheureux celui qui a connu son étoile en dévisageant la mort, et qui a su qu'elles ne touchaient en lui l'une et l'autre que le fantôme d'une existence ? *Malheureux dans la langue des hommes, mais racheté de l'horreur d'être né.* Sa voix n'est qu'un souffle. « Pour ton amour et pour toi, il n'est qu'un cœur... »

Crains le silence qui descend sur la rêverie. Mais prends garde aux grandes ailes d'argent qui sont les harpes d'une voix.

Je vous ai dit que je sympathisais avec les pensées du meneur de lune : et cela signifiait que je comprenais son bonheur, ce qui n'est pas tout à fait le comprendre lui-même. Cependant, un doute m'est venu concernant la sérénité spirituelle. Je vois bien qu'il est heureux de déceler la nature brumeuse de l'homme, de nier sa propre réalité. S'il se prend pour un revenant, cette certitude confirme-t-elle ou au contraire, l'intuition qui lui était d'abord venue, quand il écrivait *le Mal d'enfance* et qui manqua de lui faire appeler ce livre *l'Ombre aux doigts roses* ? Il s'était aperçu que la vie d'un homme n'était que le sillage de certains faits dont elle prête la continuité au corps lui-même. Pour tout dire, il savait que sa blessure était réelle et non lui. Au prix de quelques incommodités qu'elle lui avait laissées, la vie s'était arrachée en lui à ses ressemblances...

Minuit, la ville s'est retournée dans son sommeil. Les portes des cinémas se referment. Les vieilles gens s'éloignent lentement du spectacle derrière les couples qui se hâtent en fredonnant. Quelques jeunes filles remontent chez elles sans se retourner, et la plus belle, devant un miroir de Venise, ôte sa robe d'été, chaude encore de ses yeux pleins d'images. Associe à ton expérience d'homme tout ce que tu distrais de ton existence de revenant.

Dis-le par tes yeux d'enfant qui sont la source de tes regards, ta vie est ton amour ; par tes cicatrices et tes nausées, par ton cœur de voyou que les belles filles ont fait si grand pour les mieux bercer, et sur les bonheurs qui les avaient éloignées de toi ; dis que la vie est l'ivresse des yeux, jure-le par les larmes, amour, ton bien le plus cher.

O cœur ouvert dans tes yeux, ce que tu es n'est rien de plus que ce que tu aimes et vois, le charme paisible de ce que les autres peuvent contempler sans te voir. Tout ce que tu attends, une ombre immense l'espère en toi, lente et transparente comme l'aube qui entrera, à ta dernière heure dans son éclat de diamant noir. Tu es l'espoir d'une nuit assez grande pour envelopper tout ce qui fut tes yeux. Vois marcher avant toi vers la fête sans commencement le petit âne couleur de neige que son ombre accompagne dans un tintement de grelots : *un état d'âme est un paysage.* Tes regards ont dit que ta joie durerait plus que toi.

IX

UN ami vient te voir, tu lui parles avec bonheur de ce qu'il souhaitait entendre. À peine descend-il ton escalier que tu formules derrière lui ce que tu avais à lui dire, votre entretien commence dès que vous êtes séparés. Tout le temps qu'il était présent et te répondait de ton existence, tu n'avais pas d'esprit. Seul, prêt à sombrer sous le poids de ton isolement tu l'appelles, faute de ne savoir t'appeler toi-même. Tu lui parles et tu inventes ses réponses. Tu te ressuscites en l'imaginant. *Seul, tu es ta propre absence si tu n'es pas la présence d'autrui.* As-tu le cœur trop desséché pour imaginer ton prochain, tu te vois toi-même sous des traits que depuis longtemps tu n'as plus. Tu dialogues avec l'enfant que tu aurais pu rester. Tu n'es pas, tu est le produit des êtres que tu crées et la grandeur des événements qui te dépassent. L'esprit, c'est l'autre, celui que l'on imagine aussitôt que l'on est seul. La présence de nos semblables est notre réalité maternelle, contrariée, malheureusement par le poids de notre individu qui nous fait créatures à notre tour, et toujours un peu risibles, évidemment parce que notre existence même sent l'emphase et la surenchère. Nous ne sommes que vanité, ridicules si nous l'ignorons, comiques jusqu'au ciel dans nos actions sublimes.

J'ai vu en rêve, et, tout éveillé, je vois encore la pendule de mon vieux lycée. Les élèves d'aujourd'hui passent sans me voir. Si j'existais comme eux ils seraient moins réels. J'ai rêvé de la vie que rien ne pourrait emporter, de la survie que personne n'a su définir et où je suis entré, par hasard, pour en ressortir aussitôt. Je disais en m'éveillant qu'elle est l'éternelle douceur de se pleurer soi-même et c'était presque trop dire.

Celui qui n'est plus ne pèse rien à la mer et il marche sur les flots, mais les bateaux coulent sous son poids. S'il se mêlait à la vie des autres, il serait leur mort. Il est ce qu'il aime moins ce qu'il est. *J'envisage la survie comme l'acte de connaître, limité à son contenu.*

Apothéose du langage qui universalise le besoin congénital à l'homme de se poser comme objet du sujet qu'il est.

J'ouvre les yeux sur des couleurs acides, je touche des yeux une paille bleue, du rafia vert. Que tout ce que tu sens soit l'attention extrême de ta destinée : que tout ce qui vit avec toi soit attentif à ce qui se recueille dans ton âme et qu'il n'ait qu'à se retourner vers le ciel pour inspirer la prière dont la vie est la forme lumineuse. On dirait qu'il y a dans l'ombre un être qui doit m'aimer pour me voir, et qu'il me cherche dans ce que découvrent mes yeux, qu'il me découvre dans la beauté que mes yeux tirent du jour. C'est le soir. Par la fente supérieure des contrevents fermés, un jour blême et froid vient de la cour avec la chanson inachevée.

Comment ose-t-on dire que l'homme est, quand on le dit de Dieu. L'homme que l'on voit dans l'immensité de son être n'est plus ce qu'il nous paraissait d'abord, quand, une fois, nous avons approfondi le sens de ce verbe dans la nature du sujet qui y est sous-entendu toujours. *Dans l'affirmation que l'homme est, je ne vois plus l'homme.* On dirait que notre existence se pose dans un autre monde que celui du connaître. Je suis l'homme, je ne connais mon être qu'en image comme je me reconnaîtrais dans le récit d'un fait effacé de ma mémoire mais dont je vérifierais l'exactitude. J'ai dû inventer la vérité pour croire à la vie.

L'homme est l'image et non pas l'expression de ce qu'il est.

J'ai compris que l'avenir se cachait dans les actes qui n'étaient réels que pour moi. J'ai aussitôt enfermé mon journal dans une valise. Une amie est venue l'y prendre.

La conscience occupera toute la place de la

connaissance. Faire servir toute l'imagination à mettre la conscience à la place du connaître.

La conscience est à la mesure de ce qui est, alors que la connaissance est à la mesure de ce que nous sommes.

L'homme n'éprouve de véritable douleur que dans l'expérience de l'injustice. L'injustice le pénètre de ce qu'il est, le crucifie au pressentiment de la justice qui est l'immensité intérieure de son cœur.

X

AINSI me suis-je aventuré à la recherche du Meneur de lune. C'est curieux que chaque homme se doive plusieurs raisons de poursuivre une même entreprise. Afin de leurrer mes prétextes, je me forgeais des prétextes. Ce fut d'abord la prétention de refaire en homme de métier un livre que j'avais tiré de mon cœur; puis un champ d'épreuves que je voulais ouvrir pour l'exploitation d'une nouvelle phrase. Enfin, l'envie d'écrire un livre aux chapitres très courts et que l'on lût comme un récit de voyages.

Sous la toge du maître, je porte le sarrau noir du cancre. On m'a fait asseoir dans la chaire. Celui que je remplace est mort, seul je le sais. Si je rendais cette nouvelle publique, personne ne m'entendrait, parce que toutes les rues de Saint-Souris traversent la classe où j'ai réuni mes disciples et, *assourdis par la rumeur des trams et des voitures, ils n'entendent que ce qui n'est pas dit,* c'est bien ce qui me permet de passer pour savant. Je remue les livres, et ils prennent des notes. En vérifiant leurs cahiers, j'apprends, çà et là, une idée, une phrase, je fais des progrès, il m'arrive de risquer une affirmation et aussitôt comme si une voiture s'était arrêtée, le fracas de la circulation diminue. Un jour, je serai leur maître.

Je me promène en repassant fiévreusement ma leçon au bord d'une mer invisible où monte une tempête. Le bruit des flots grandit, il couvre ma voix d'enfant, je sais qu'il m'emportera dans le silence où il va s'abolir. Je serre sous mon bras gauche les petits livres à couverture de papier rose qui font mon bagage.

Un frère lointain doit mourir de ma mort et tourne comme moi, les yeux baissés sur son livre, dans les quartiers avoisinant la plage. Notre sort est le même, mais tant que dure le chaos des horizons, il maintient nos pensées séparées sous l'unité indivisible de notre souci.

J'écrivais autrefois que la différence des natures était aggravée par une vérité qui ne fût pas la vie.

DU MÊME AUTEUR
aux Éditions Albin Michel

Lettres à Stéphane et à Jean

Le Roi du sel

ŒUVRE ROMANESQUE COMPLÈTE
(4 volumes)

TOME PREMIER

Préface
Paroles du lépreux sans nom
Retour
La Fiancée du vent
Il ne fait pas assez noir
Le Rendez-vous d'un soir d'hiver
Une passante bleue et blonde
La Tisane de sarments
La Tisane de sarments
(version inédite)
Le Mal d'enfance

TOME DEUX

Le Passeur s'est endormi
Sylvain
Iris et Petite-Fumée
Le Meneur de lune
Le Mal du soir
Les Trois Sœurs blondes
Regard sur une ville
La Neige d'un autre âge

TOME TROIS

Contes du cycle de Lapalme
Le Cahier Rabane II
La Marguerite de l'eau courante
Journal dirigé

TOME QUATRE

Le Livre heureux
Journal littéraire
Le Cahier noir

« *Espaces libres* »
au format de poche

DERNIERS TITRES PARUS

120. *Religions en dialogue,* de J. MOUTTAPA.
121. *Le Courage de se libérer,* de P. et P. FENNER.
122. *Histoire des dalaï-lamas,* de R. BARRAUX.
123. *Du Sahara aux Cévennes,* de P. RABHI.
124. *Aux sources du zen,* d'A. LOW.
125. *Le Curé de Nazareth,* d'H. PROLONGEAU.
126. *L'Évangile d'un libre penseur,* de G. RINGLET.
127. *Le Courage de vivre pour mourir,* de N. MASSON-SÉKINÉ.
128. *Quand la conscience s'éveille,* d'A. de MELLO.
129. *Les Fables d'Ésope,* de J. LACARRIÈRE.
130. *L'Esprit des arts martiaux,* d'A. COGNARD.
131. *Sans les animaux, le monde ne serait pas humain,* de K. L. MATIGNON.
132. *L'Arc et la Flèche,* d'A. de SOUZENELLE.
133. *Adieu, Babylone*, de N. KATTAN. Préface de M. TOURNIER.
134. *Le Gardien du feu*, de P. RABHI.
135. *La Prière parallèle*, de C. PAYSAN.
136. *Dieu a changé d'adresse*, d'O. VALLET.
137. *La Danse de la réalité*, d'A. JODOROWSKY.
138. *Le Courage de changer sa vie,* d'A. DUCROCQ.
139. *Le Maître de nô*, d'A. GODEL.
140. *Les Fleurs de soleil*, de S. WIESENTHAL.
141. *Khalil Gibran*, de J.-P. DAHDAH.
142. *Ces ondes qui tuent, ces ondes qui soignent,* de J.-P. LENTIN.
143. *Les Dix Commandements intérieurs*, d'Y. AMAR.
144. *Guérir l'esprit*, collectif avec J.-Y. LELOUP, F. SKALI, Lama D. TEUNDROUP.
145. *La Quête du sens*, ouvrage collectif.
146. *La Foi ou la nostalgie de l'admirable,* de B. VERGELY.
147. *Traversée en solitaire,* de M.-M. DAVY.
148. *Éloge de la fragilité,* de G. RINGLET.
149. *L'Échelle des anges,* d'A. JODOROWSKY.
150. *Petite grammaire de l'érotisme divin,* d'O. VALLET.
151. *La Troisième Voie*, de D. E. HARDING.

152. *Le Rire du tigre*, de M. de SMEDT.
153. *L'Effort et la Grâce*, d'Y. AMAR.
154. *Appel à l'amour*, d'A. de MELLO.
155. *L'Homme intérieur et ses métamorphoses*, de M.-M. DAVY.
156. *Dictionnaire de la symbolique des rêves*, de G. ROMEY.
157. *Le Christianisme en accusation*, de R. RÉMOND et M. LEBOUCHER.
158. *Entre désir et renoncement*, M. de SOLEMNE avec J. KRISTEVA, R. MISRAHI, S. GERMAIN et D. RIMPOCHE.
159. *Sadhana, un chemin vers Dieu*, d'A. de MELLO.
160. *L'amour comme un défi*, de S. ROUGIER.
161. *Du bon usage de la vie*, de B. BESRET.
162. *La Grâce de solitude*, de M. de SOLEMNE avec C. BOBIN, J.-M. BESNIER, J.-Y. LELOUP et Th. MONOD.
163. *Le Meneur de lune*, de J. BOUSQUET.

Impression Bussière, février 2006
Editions Albin Michel
22, rue Huyghens, 75014 Paris
www.albin-michel.fr
ISBN 2-226-14922-8
ISSN 1147-3762
N° d'édition : 24115. – N° d'impression : 054507/1.
Dépôt légal : mars 2006.
Imprimé en France.